FRANÇOIS COPPÉE

Contes en Vers

et

Poésies diverses

ONZIÈME ÉDITION

PARIS

ALPHONSE LEMERRE, ÉDITEUR

23-31, PASSAGE CHOISEUL, 23-31

CONTES ET POÉSIES

FRANÇOIS COPPÉE

Contes en Vers
et
Poésies diverses

PARIS
ALPHONSE LEMERRE, ÉDITEUR
23-31, PASSAGE CHOISEUL, 23-31

La Marchande de Journaux

CONTTE PARISIEN

A MOUNET-SULLY.

I

DEMANDEZ les journaux du soir... la *Liberté*...
La *France*...

A cet appel sans cesse répété
Par la vieille marchande à la voix âpre et claire,
Je faisais halte au coin du faubourg populaire
Dont les vitres flambaient dans le soleil couchant,
Et prenais un journal pour le lire en marchant.
Ce n'est pas que je sois ardent en politique ;
Les révolutions rendent un peu sceptique ;

Mais, par vieille habitude et besoin machinal,
Je parcours volontiers, tous les soirs, un journal,
Pour savoir si l'on va changer ou non de maître,
Comme avant de sortir on voit le baromètre.

— Demandez les journaux... le *Temps*... le *Moniteur*...

Et, prenant le paquet tout frais que le porteur
Lui jetait, en courant, dans sa pauvre boutique,
La bonne femme, active à servir la pratique,
Derrière un vasistas ouvert sur le trottoir,
Se démenait, cherchait des sous dans son tiroir
Et vendait, d'une humeur absolument égale,
Papier conservateur ou feuille radicale ;
— Et, lorsque je prenais un journal, au hasard :

— Ah ! vous voilà, monsieur ! Vous arrivez bien tard,
Disait-elle gaiement. Voyez, ma vente est faite.
Je n'ai plus qu'un *Pays* et que deux *Estafette*...
Et c'est toujours ainsi lorsque les députés,
Comme ils ont fait hier, se sont bien disputés,
Et quand on dit qu'on va changer le ministère.

Quelquefois je causais, auprès de l'éventaire,
Avec la brave vieille aux yeux intelligents ;
Car mon goût est très vif pour les petites gens.
Et, tout en déployant la *Presse* ou la *Patrie*,
Qui m'envoyait sa bonne odeur d'imprimerie,

J'avais pour mes trois sous un instant d'entretien.

— Mon Dieu, pour le moment, ça ne va pas trop bien...
C'est la morte saison, vous savez... et la Chambre
Ne se réunira que vers la mi-novembre.
Les grands formats sont nuls, et les petits journaux
N'ont que les faits divers et que les tribunaux...
Vous autres, les messieurs, vous chassez ou vous êtes
Aux bains de mer, aux eaux... Sans le sou des grisettes
Qui ne voudraient pour rien manquer le feuilleton
De leur *Petit Journal*, à peine vivrait-on...
Pour écouler ce tas de papiers qu'on imprime,
C'est triste à dire, mais il faudrait un gros crime...
Je ne désire pas qu'il arrive, grand Dieu !
Mais, du temps du procès Billoir, quel coup de feu !
Quand on a publié toutes ces infamies,
Monsieur, j'étais au bout de mes économies ;
Mais, en un mois et rien qu'avec les *illustrés*,
Eh bien, j'ai pu payer deux termes arriérés...
Mais ce n'est qu'un hasard... tandis que les tapages
A Versailles, voilà le temps des forts tirages !
Ça ne peut pas manquer et ça revient vingt fois...
Aussi, lorsque je fais un billet pour mon bois,
Pendant la session j'en fixe l'échéance,
Et je m'acquitte après une bonne séance.

Je m'éloignais, trouvant singulier le destin
Qui voulait que ce fût le crime du matin
Ou le tumulte fait dans les Chambres, la veille,

Qui donnât quelque aisance à cette pauvre vieille.
Je trouvais un plaisir ironique à savoir
Que l'antique combat du peuple et du pouvoir
Et tout leur vain travail pour mettre en équilibre
Le besoin d'être fort et l'ardeur d'être libre,
Le prétoire vibrant à la voix des tribuns,
L'Assemblée en démence et les cris importuns
Qu'on poussera toujours autour du Capitole
Et tout ce que produit, aux jours de rage folle,
Le parlementarisme et son jeu régulier,
Aidassent cette femme à payer son loyer.
Il me plaisait assez que le bruit de la presse
Assurât par hasard le pain d'une pauvresse
Et que tout ce scandale eût ce bon résultat
Qu'elle pût vivre, à bord du vaisseau de l'État,
Durement ballotté sur la mer politique,
Ainsi qu'une souris dans un transatlantique.

II

Un soir, — les premiers froids étaient déjà venus, —
Au fond de la chétive échoppe, j'aperçus
Un spectacle nouveau, qui me fit de la peine.
C'était un pauvre enfant, — huit ou dix ans à peine, —
Blond, pâle, l'air malade, habillé tout en deuil,
Qui se tenait assis dans un petit fauteuil,

Ayant sur ses genoux un vieux dictionnaire
Et regardant avec des yeux de poitrinaire.

Je demandai :

— Quel est donc ce petit garçon ?

— Mais c'est mon petit-fils ; il apprend sa leçon,
Me répondit, d'un air tout orgueilleux, la vieille...
Et les frères en sont très contents !
— A merveille !
Repris-je... Ses parents l'ont envoyé vous voir ?

— Hélas ! mon bon monsieur, voyez... il est en noir.
Pauvre enfant ! il n'a plus sa mère ni son père.
Mais sa bonne-maman l'élèvera, j'espère.
Maintenant il n'a plus que moi, cher innocent !
Il a coûté la vie à ma fille en naissant...
Et voilà des malheurs qu'on ne peut pas comprendre...
Des orphelins d'un jour !... Quant à mon pauvre gendre,
Il était étameur de glaces ; et les gens,
Dans ce vilain métier, ne durent pas dix ans,
S'ils n'ont pas les poumons comme un soufflet de forge...
A cause du mercure. .

— Allons ! un sucre d'orge,
Dis-je à l'enfant, qui vint pour me remercier,
Prit mes sous et courut, joyeux, chez l'épicier.

— Et, quand je fus resté seul avec la marchande :

— L'enfant se porte bien ?

— J'attendais la demande,
Monsieur, répondit-elle avec un gros soupir.
C'est le chagrin que j'ai tous les jours à subir.
Non, il ne va pas bien... Que je suis malheureuse !...
Avec ses yeux cernés et sa figure creuse,
C'est tout son père... Il souffre, hélas ! le cher petit !
Il tousse, il dort à peine, il n'a pas d'appétit.
Enfin le médecin dit que c'est la croissance !...
C'est qu'il est si mignon et d'une obéissance !...
Et tout ce qu'il voudrait, il l'apprendrait, je crois,
Mon Joseph... à l'école il a toujours la croix...
Mais sa santé... voilà ce qui me désespère !

— Courage ! dis-je.

— Enfin mon commerce prospère,
Continua l'aïeule, et de telle façon,
Monsieur, que rien ne manque à mon pauvre garçon.
Le bon Dieu, quand j'ai trop de mal, me vient en aide.
Tenez, j'ai cru l'enfant malade sans remède,
Voilà tantôt trois ans... Le docteur ordonna
Des médicaments chers, du vin de quinquina...
Mais, juste en ce moment, je m'en souviens encore,
La Chambre renversa le cabinet Dufaure,
Et j'ai pu, — je gagnais des douze francs par jour, —

Donner ce qu'il fallait à mon petit amour...
Au Seize Mai, — la vente allait, je vous assure, —
J'ai fourni mon Joseph de linge et de chaussure ;
Et quand le Maréchal à la fin est tombé,
J'ai fait faire un habit tout neuf à mon bébé...

Le retour de Joseph finit la causerie ;
Mais je sortis de là, l'âme tout attendrie,
Et j'avais le cœur pris par le simple roman
De cet enfant malade et de sa grand'maman.
Le lendemain, je dus partir pour la province,
Mais sans les oublier ; et l'intérêt fort mince
Qu'aux choses de l'État jusqu'alors j'avais mis
Grandit, quand je songeais à mes humbles amis,
Car je ne pouvais plus juger la politique
Qu'au point de vue étroit de leur pauvre boutique ;
Et quand, par un hasard devenu bien banal,
J'apprenais, en voyant les pages du journal
Pleine d'alinéas et de rappels à l'ordre,
Que nos législateurs avaient failli se mordre
Et qu'en plein parlement ils s'étaient outragés,
Rêveur, tout en lisant leurs discours prolongés,
Où le bon sens souffrait autant que la grammaire,
Je me disais :

— Tant mieux pour la pauvre grand'mère !

III

A mon retour, j'appris que l'enfant était mort.

— Ah ! monsieur, me disait en sanglotant bien fort
La vieille, devenue en peu de jours caduque,
Quand on perd, à mon âge, un enfant qu'on éduque,
C'est trop dur !... Et bientôt j'en mourrai, Dieu merci !...
Je ne sais pas pourquoi je reste encore ici ;
Car je perds la mémoire, un rien me bouleverse,
Et je n'ai plus la tête à mon petit commerce...
Autrefois, si j'étais âpre à gagner du pain,
C'était pour partager avec mon chérubin...
Maintenant mon chagrin me nourrit... Que m'importe
Le reste ?... Voyez-vous, je suis à moitié morte ;
J'aurais cent ans, monsieur, que je serais moins bas !...
Un client, qui me prend tous les jours les *Débats,*
Un bien brave homme, allez, qui plaint les misérables,
M'a promis de me faire admettre aux Incurables...
Eh bien, soit... J'irai là mourir un de ces jours !...

Que pouvais-je répondre à ce navrant discours ?
Que faire pour calmer une douleur si grande ?
Hélas ! rien. Et depuis, chez la pauvre marchande,

Quand j'entrais acheter quelques journaux du soir,
J'étais muet devant cet affreux désespoir.

Vers ce temps, — ce n'est plus pour nous une surprise,
Notre gouvernement était en pleine crise.
Voici l'intéressant langage qu'on tenait :

— C'est fort heureux. Tant pis pour l'ancien cabinet.
Il subit justement la loi de la bascule.
Morel était trop vieux, et Morin ridicule ;
Moreau s'imaginait être de droit divin,
Et Morand recevait par trop de pots-de-vin...
Tandis que parlez-moi du nouveau ministère :
Dubois est éloquent et Dufour est austère ;
Malgré ses tristes mœurs et deux serments trahis,
Dupont par ses talents honore son pays ;
Dupuis est fin ; Durand est loin d'être une bête...
Nous aurons avec eux la politique honnête.
Leur programme est très bien, que donne mon journal...
L'ordre et la liberté... C'est fort original.
Ces gens-là n'iront pas commettre une imprudence...
Bref, il était acquis et de toute évidence
Que le groupe Morel-Morin-Morand-Moreau
De tout progrès utile eût été le bourreau
Et que droit à l'abîme il menait la patrie ;
Tandis qu'agriculture, arts, commerce, industrie,
Allaient fleurir et prendre un essor bien plus grand
Par la combinaison Dufour-Dubois-Durand.

Je connaissais Durand, un homme fort aimable ;
Et, depuis quelque temps, je me trouvais blâmable ;
Se désintéresser de tout, ce n'est pas bien.
On finirait par être un mauvais citoyen...
Voyons, ce cabinet? Il n'a rien qui me gêne ;
Il est conservateur, libéral, homogène,
Très gentil !...
Et déjà, plein d'un zèle subit,
Le dos au feu, troussant les pans de mon habit,
De mes nouveaux amis j'exposais la tactique,
A l'heure où, dans l'ennui d'un salon politique,
Le thé circule avec les tranches de baba.

Six semaines après, le cabinet tomba.

Ah ! j'étais furieux, cette fois ! Mettre à terre
Des gens si bien pensants, un si bon ministère !
C'est à désespérer de tout gouvernement !...
Et, maudissant le vain besoin de changement
Qui, ce jour-là, venait de troubler les cervelles,
Levé de très bonne heure, avide de nouvelles,
J'allai chez ma marchande acheter le journal.
Paris avait été plus que moi matinal ;
Il ne restait plus rien qu'un *Siècle* de la veille.
Mais je fus stupéfait en regardant la vieille ;
Car je lui retrouvai l'air joyeux qu'elle avait,
Les jours de gain, du temps que son enfant vivait.

— Le pauvre mort, pensai-je en mon humeur stupide,

Est oublié, ce n'est qu'une femme cupide.

Mais, devant mon regard, l'aïeule avait compris.

— Ah ! fit-elle, monsieur, ne soyez pas surpris,
Si j'ai le cœur content de ce bon jour de vente.
Moi, je n'ai plus besoin de rien, et je m'en vante...
Mais, pour Joseph, avec de l'argent emprunté,
J'ai pu prendre un terrain à perpétuité,
Et j'ai fait des billets, et l'huissier me menace...
Puis, si vous pouviez voir son coin, à Montparnasse ?
Un vrai jardin !... Je vais prier là, tous les mois...
Ça me coûte bien cher ; mais aussi quand je vois
Son tombeau tout couvert de fleurs et de verdure,
Il me semble que c'est ma prière qui dure !

Je lui serrai les mains, honteux de mon soupçon ;
Et, depuis lors, ayant médité la leçon,
Je suis tout consolé, quand un ministre tombe ;
Car, ces jours-là, l'enfant a des fleurs sur sa tomb

L'Épave

DEVANT la mer, assis au seuil de leur maison,
La veuve du marin et son jeune garçon
Sont en grand deuil. Hélas! l'équinoxe d'automne
A fait d'affreux malheurs sur la côte bretonne;
Et c'est pourquoi, rêveurs devant le ciel du soir,
Cette femme et son fils sont habillés de noir.
Ah! dans ce lac paisible où, sous la brise fraîche,
Viennent de s'éloigner les fins bateaux de pêche
Dont les voiles, là-bas, blanchissent dans le ciel,
Nul ne reconnaîtrait cet Océan cruel

Qui, l'an dernier, pendant la grande marée haute,
En un jour, a broyé vingt barques sur la côte,
Et, parmi tant de deuils dont le pays est plein,
A navré cette femme et fait cet orphelin.

Le ciel peut être pur, la mer peut être belle,
La veuve du marin est sombre et se rappelle
L'effroyable tempête où son homme a péri.

— C'est aussi de sa faute, à mon pauvre mari,
Dit-elle en soupirant à son fils qui l'écoute,
Il faut porter secours aux malheureux, sans doute,
Et nul ne l'a plus fait que mon brave Mathieu.
Mais affronter ainsi la mort, c'est tenter Dieu !...
On n'avait jamais vu de pareille marée.
Ton père était chez nous; sa barque était rentrée;
Il disait, en mangeant sa soupe : Il faut qu'on soit
Maudit pour être en mer par ce vent de noroit !
Après dîner, Mathieu prend sa pipe et l'allume
Et va fumer dehors, comme il avait coutume.
Là, malgré le gros temps, ils étaient quelques-uns
Qui regardaient sauter et mousser les embruns,
Quand, tout à coup, voilà que mon homme remarque,
Du côté des rochers Saint-Pierre, un trois-mâts barque...
Doux Jésus ! Ce ne fut pas long. En un clin d'œil,
Le malheureux navire échoua sur l'écueil.
— Un canot ! dit Mathieu... J'étais épouvantée;
Les autres lui montraient cette mer démontée,
Et la lame en fureur qui crachait des galets.

— Un canot! répétait ton père. Sauvons-les!
Un canot à la mer, ou nous sommes des lâches!
Le mien, si vous voulez, car aux plus rudes tâches
Il est bon; il ne craint ni le flot ni le vent,
Et je l'ai baptisé d'un beau nom : *En avant!...*
Ah! les hommes sont fous, mon Tiennot!... Ils partirent.
Et tous ont péri, tous... A l'heure où se retirent
Les vagues, tu m'as vue aller, tout cet hiver,
Chaque jour, aussi loin que va la basse mer.
Mais l'Océan qui meurt à mes pieds et les lave
N'a jamais rejeté la plus petite épave,
Pas plus du grand trois-mâts que du pauvre canot...
O mon mignon chéri! Pauvre petit Tiennot!
Ne va plus sur la mer... tu sais, j'ai ta promesse...
Monsieur le recteur t'aime et tu lui sers sa messe;
Il t'apprend l'écriture... Eh bien, c'est ton destin,
Tu deviendras un prêtre et parleras latin.
Et puis, loin de ces flots dont le bruit m'épouvante,
Quand tu seras curé, je serai ta servante.
Ne te fais pas marin!... D'ailleurs, tu m'as promis...

L'enfant se tait. Il songe à ses petits amis,
A ces gamins qu'il voit, dès que le matin brille,
A bord d'une chaloupe, aller à la godille,
Tandis qu'il n'ose plus, le craintif orphelin,
Pousser un aviron ni nouer un grelin.
Il a promis, il veut obéir à sa mère.
Mais, lorsque le curé, refermant sa grammaire,
Lui dit : — Va-t'en jouer! et qu'il est libre enfin,

Troussé jusqu'aux genoux et sur le sable fin
Marchant pieds nus, il court bien vite vers la grève,
Et le fils du marin cherche à tromper son rêve.
Mais sentir l'âpre vent souffler dans ses cheveux
Et l'eau froide monter sur ses mollets nerveux,
Voir au loin le gros coup de la lame mauvaise
Éclater en couvrant d'écume la falaise,
Remplir tout un panier de crevettes, chercher
Quelque hideux homard tapi sous un rocher,
Ou saisir le lançon dans sa fuite rapide,
Cela ne suffit pas à l'enfant intrépide.
Non, son ardent désir, c'est le bateau mouvant
Avec sa voile ronde et ses deux focs au vent
Et le lest de galets humides qui le charge,
C'est la course au lointain horizon, c'est le large
Avec sa forte houle et son grand souffle amer,
C'est l'ivresse d'aller sur cette vaste mer,
Dont le parfum le grise et le rhythme l'attire...
Et voilà de longs mois que dure ce martyre!

Mais le temps passe. Encore un équinoxe affreux!
Et les marins du port, un jour, causant entre eux,
Tout comme l'an dernier, sur la mer en délire,
Viennent de signaler un malheureux navire,
— Un brick, cette fois-ci, — qui touche le récif.
A chaque lame, il fait ce sursaut convulsif
Qu'on pourrait appeler le râle du naufrage.

— Un canot à la mer! des hommes de courage!

Dit quelqu'un. Aucun d'eux n'a pu, certe, oublier
Les camarades morts de l'automne dernier.
Mais voilà qu'on entoure une barque et qu'on l'arme.
La mère de Tiennot est là, pleine d'alarme,
Elle étreint son garçon et lui redit tout bas :
— Tu sais, tu me l'as bien promis... tu n'iras pas!
Et, les yeux dilatés et se mordant la bouche,
L'enfant ne répond rien et regarde, farouche,
Les braves compagnons qui parent le bateau.
Tout à coup, une lourde et sombre masse d'eau
S'écroule avec fracas, couvrant tout de sa bave,
Et devant l'orphelin elle jette une épave,
Une planche pourrie et rongée où l'enfant
A déjà distingué ces deux mots : *En avant!*
L'Atlantique a tiré du fond de son repaire
Ce débris de bateau. C'est un ordre du père!
Les sauveteurs sont prêts; ils poussent leur canot;
Et s'arrachant des bras de sa mère, Tiennot
Saute auprès d'eux, saisit à la hâte une rame...
Et les voilà partis avec l'énorme lame!

Comme on les suit des yeux! Hardi, là! Comme ils vont!
Sainte Vierge! voyez cette lame de fond...
Ils ont chaviré... Non, le canot, se redresse...
Il va toucher, il touche au navire en détresse...
Il était temps, le brick se penche à faire peur...
Ils reviennent déjà!... Voilà des gens de cœur!
Qu'ils sont chargés, ils ont de l'eau jusqu'au bordage...
— Combien en avez-vous sauvé? — Tout l'équipage!

— Hurrah! — Vite! jetez une corde... Aidez-nous...

Et, tandis que, joyeux, sautent sur les cailloux
Sauveteurs et sauvés, parmi l'écume amère,
Le brave enfant Tiennot dit à sa pauvre mère
Qui de ses bras brisés l'entoure en sanglotant :

— Maman, ne gronde pas... Le père est si content!

L'Enfant de la Balle

CONTE PARISIEN

I

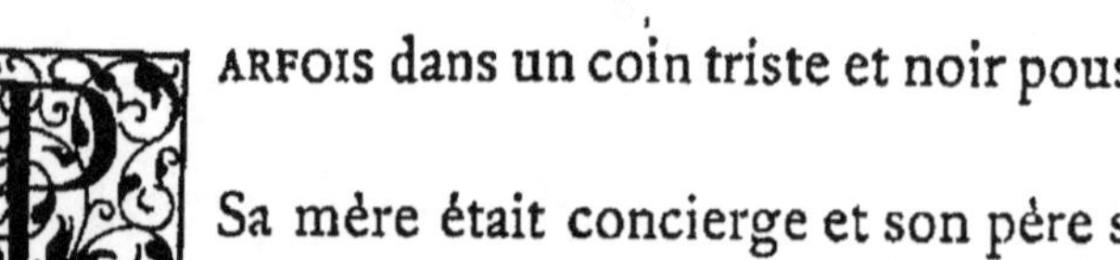

Parfois dans un coin triste et noir pousse une fleur.

Sa mère était concierge et son père souffleur
D'un théâtre qui fit des faillites célèbres.
Semblables aux hiboux qui voient dans les ténèbres,
Ces époux vivaient là, venus on ne sait d'où,
La femme dans sa loge et l'homme dans son trou.
Une enfant leur naquit; elle vit la lumière
— Du gaz, bien entendu, — le soir d'une « première, »
A l'heure où justement la toile se levait.

L'homme était à son poste, éloigné du chevet
De sa femme; mais tous songeaient à l'accouchée.
Les actrices, leur scène une fois dépêchée,
De bruyants falbalas emplissant l'escalier,
Auprès de la malade allaient se relayer;
Et, lorsque fut passé l'instant le plus critique,
L'ingénue, — elle avait un fils en rhétorique
Et venait de donner les soins les plus adroits, —
Profita de son grand monologue du « trois, »
Alors que, d'une infâme action accusée,
Elle devait tomber, sur le sol, écrasée
Sous un fardeau trop lourd d'angoisse et de douleur,
Pour accomplir sa chute en face du souffleur
Et calmer le souci du père de famille,
En lui jetant tout bas ces mots : « C'est une fille! »
— D'ailleurs, ce fut un jour de chance et de succès.
Le drame, — il était plein de fautes de français, —
Fit louer deux cents fois la salle, dès la veille;
Et la mère et l'enfant se portaient à merveille.

Le nouveau-né gênant fort ses humbles auteurs,
Une souscription entre tous les acteurs
Fournit aux pauvres gens des secours provisoires.
Le berceau fut prêté par le chef d'accessoires,
Et le comique, — un fort buveur, de son aveu, —
Donna le biberon, pour faire rire un peu.
Tous aimaient la petite et tous s'occupaient d'elle,
Et l'on tomba d'accord pour l'appeler Adèle,
A cause d'*Antony*, qu'en son meilleur destin,

Son père avait joué, — très obscur cabotin,
Mais beau garçon, ayant l'œil noir, la taille mince, —
Avec Dorval faisant sa tournée en province.
Puis le baptême eut lieu. La troupe, avec ferveur,
Vit donner à l'enfant ce billet de faveur
Que pour entrer au ciel on présente au contrôle;
Et le parrain, — c'était Saint-Phar, le premier rôle, —
Ayant lu *Polyeucte* et « pioché » son *Credo,*
Par son recueillement étonna le bedeau.
La fête fut très bien de toutes les manières.
On alla gentiment déjeûner près d'Asnières;
A l'heure du spectacle, on revint à Paris,
Au milieu des gamins saluant à grands cris
Ces voitures de gais comédiens chargées,
Et le soir, le pompier lui-même eut des dragées.

II

Les artistes ont très bon cœur, le plus souvent.
C'était à qui prendrait le mieux soin de l'enfant,
— La concierge en sa loge étant très occupée, —
A qui ferait sauter la gentille poupée,
A qui l'entourerait de mille attentions.
Les femmes l'apportaient aux répétitions,
Et la petite Adèle y faisait les délices
Des longs moments d'ennui perdus dans les coulisses.
La duègne, en attendant l'appel du régisseur,

Berçait sur ses deux bras l'enfant avec douceur,
Puis, quand venait son tour, à sa réplique prête,
Repassait le bébé bien vite à la soubrette.
Quand elle eut quinze mois, quand son corps se tint droit,
Ce fut madame Armand, l'étoile de l'endroit,
Qui la fit marcher seule et qui, de ses mains blanches,
Guida les premiers pas d'Adèle sur les planches.
Mais quel triomphe aussi, quand, un beau jour, soudain,
Elle alla du « côté cour » au « côté jardin! »
Puis, dès qu'elle se mit à babiller, ces dames
Lui firent répéter des mots de mélodrames,
Et l'enfant, — influence étrange du milieu! —
Avant : « Papa, maman, » vagit : « Merci, mon Dieu! »
Pourtant madame Armand, pieuse à sa manière,
Lui fit aussi par cœur apprendre sa prière;
Et lorsque les acteurs se taisaient un instant,
Un fragment de *Pater* de derrière un portant
S'envolait, murmuré par une voix plaintive,
Et quelquefois ces mots : *Que votre règne arrive!*...
Ou quelque *Ainsi soit-il!* ponctuaient tour à tour
La tirade du traître ou la scène d'amour.

C'est ainsi que vivait, depuis sept ans, Adèle,
Heureuse de sentir tant d'amis autour d'elle
Et faite à ce milieu tout artificiel.
N'ayant presque jamais vu la couleur du ciel,
Elle jouait dans l'ombre et, la nuit, était brave
Comme un frais papillon captif dans une cave.

III

Vers ce temps, le théâtre où grandissait l'enfant
Allait très mal. L'été fut par trop étouffant
Et, trois mois, l'on joua devant la salle vide,
Tandis que le public, de bocks mousseux avide,
Dans les cafés-concerts allait prendre le frais;
Puis un drame à décors ne couvrit pas ses frais,
Puis vint une féerie, autre chute complète.
Le directeur avait si bien perdu la tête
Que, devant son bureau toujours plus encombré
De manuscrits poudreux et de papier timbré,
—Pauvre homme à moitié fou, fable de ses confrères,—
Il songeait à monter des pièces littéraires.
Le malheureux parlait même d'un drame en vers!
Lorsque, le rappelant à des goûts moins pervers,
Son régisseur, avec sa voix la plus câline,
Lui dit :

— Monsieur, si nous remontions *l'Orpheline?*

L'homme fut tellement ému qu'il suffoqua;
Il se frappa le front en criant : Euréka!
L'Orpheline pouvait le tirer de l'abîme.

C'était un vieux *mélo* du Boulevard du Crime

Qui toujours avait fait, pendant de nombreux soirs,
Ruisseler tous les yeux, tirer tous les mouchoirs,
Un titre qui d'avance assurait la recette.
Le seul obstacle était le rôle de Suzette,
De l'enfant de six ans prise par des voleurs,
Dont la grâce touchante et les affreux malheurs
Faisaient couler les pleurs comme une cataracte,
Et qu'enfin retrouvait sa mère au cinquième acte.

Le directeur disait :
— Qui me jouera cela ?
La créatrice était la petite Stella...
Mais elle est mariée et mère de famille,
A présent... Où trouver une petite fille,
Sachant « dire, » sachant « marcher » ?...
Le régisseur
Eut un sourire fin de profond connaisseur
Et conseilla :

— Prenez donc la petite Adèle...
Une enfant de la balle, allez... Je réponds d'elle.
Elle réussira, j'en ferais le pari.
La petite est émue en voyant d'Ennery.
Son premier alphabet fut *Lazare le Pâtre*...
Artiste dans le sang !... C'est né pour le théâtre
Et ça vous portera joliment les haillons...

Et l'impresario, rêveur, dit :
— Essayons !

IV

On mit donc *l'Orpheline* à l'étude au plus vite,
Et l'on distribua le rôle à la petite,
Après avoir, avec un cachet de dix francs,
Apaisé les légers scrupules des parents,
Qui d'abord alléguaient sa faiblesse et son âge;
Et l'aisance régna dans le pauvre ménage,
Et la loge lança dès lors aux environs
Des parfums de civet et de dinde aux marrons.
Pour Adèle, elle était par la joie étourdie.
Un rôle! elle allait donc jouer la comédie!
Un rôle! elle pourrait enfin se maquiller!

Quand le vieux régisseur l'eut fait bien travailler,
On répéta. Chacun pressentit la victoire.
La petite « vibrait » comme au Conservatoire,
Disait juste, « écoutait » à merveille, et savait
Avec le moindre mot obtenir un « effet ».
Alors le directeur fit agir la réclame,
Assiégea les journaux, car, bien que son vieux drame
Fût écrit en patois et fût bête à pleurer,
Il était maintenant sûr de tout réparer
Et de combler le gouffre immense de sa dette.
Adèle sur l'affiche eut son nom en vedette
Au-dessus de Saint-Phar et de madame Armand,

Ce qui fut un scandale; et, depuis ce moment,
L'actrice, qui naguère en faisait son idole,
A l'enfant n'adressa même plus la parole,
Et Saint-Phar, furieux, menaça d'un procès.

Cependant on donna la pièce. Quel succès!
Dès qu'Adèle parut, la salle fut conquise;
Et vraiment la mignonne actrice était exquise
Et ne ressemblait pas à ces pauvres enfants,
Bâtards de perroquets et de singes savants,
Dont parfois le théâtre exhibe la torture.
En argot de métier, c'était une « nature. »
Elle vivait son rôle et ne le jouait point;
L'artiste en elle était habile au dernier point,
Et l'enfant conservait cependant tous ses charmes.
Adèle fit répandre une averse de larmes,
Quand, sans pain elle-même, aux pauvres du chemin
Elle donnait les fleurs qu'elle avait à la main.
Elle eut quatre rappels, vingt bouquets; et la toile
S'abaissa lentement sur la petite étoile,
Au milieu des sanglots, des bravos et des cris.
Une altesse royale, en passage à Paris,
Vint embrasser l'enfant et lui fit grand éloge
Devant dix reporters accourus dans sa loge.
Ce fut une folie, un gros succès d'argent!
Le directeur, traité de « très intelligent, »
Paya son personnel en retard d'un trimestre,
Congédia la claque et supprima l'orchestre.
Plein d'audace, il risqua des tarifs inouïs.

Son théâtre, autrefois le dernier des *bouis-bouis,*
Vit devant ses bureaux piaffer les équipages ;
Les journaux l'exaltaient à leurs troisièmes pages,
Épuisant leurs clichés, jusqu'aux « mots » de gamins,
Et parlant du caissier qui se frottait les mains.

V

Hélas ! ne rions pas ; car l'enfant-phénomène
Est au dernier degré de la misère humaine ;
Regardez seulement ses grands yeux moribonds.

Au milieu des bouquets et des sacs de bonbons,
Affolée et vivant comme dans une fête,
Adèle se plaignait pourtant de maux de tête ;
Un frisson secouait parfois son corps nerveux,
Elle portait, d'instinct, la main à ses cheveux
Et disait : « C'est passé ! » Mais l'enfant de la balle,
Un soir, ayant joué sa scène principale,
Effraya les acteurs par son teint enflammé ;
Et l'un deux, le fameux comique Bienaimé,
Qu'adorent les titis pour son grand nez qui bouge,
Lui dit :

— Mais pourquoi donc as-tu mis tant de rouge ?

Alors, touchant son front d'un geste machinal :

— Non, je n'ai pas de fard, fit Adèle. J'ai mal!

Elle joua pourtant, mais la pauvre petite
Fut prise dans la nuit par une méningite.

Quel désastre! On doubla le rôle sans pitié;
Mais la location en baissa de moitié.
Le médecin craignait une crise mortelle,
Et l'on n'entendait plus qu'un mot: « Comment va-t-elle? »
Le directeur montra beaucoup de dévouement.
Il l'avait fait porter dans son appartement
Et de ses père et mère il avait pris la place,
Veillant la chère enfant, lui mettant de la glace
Sur le front, l'entourant de ses soins amoureux.
Une nuit, la malade eut un délire affreux.
Elle croyait jouer avec ses camarades,
Récitait des fragments de rôle, des tirades,
Demandait si Nadar vendait sa carte-album
Et si l'on avait fait, le soir, le « maximum. . »
On crut qu'elle serait, à l'aurore, enlevée;
Mais, quand le docteur vint, il dit :

— Elle est sauvée!

Et, vraiment, quatre jours après, elle allait mieux.

Alors tout le théâtre eut un air radieux;

On allait donc enfin revoir la chère absente,
Reprendre *l'Orpheline!* Et la convalescente
Devant tous les acteurs penchés sur ses rideaux
Soulevait doucement le verre de bordeaux
Que le bon directeur avait versé lui-même,
Et disait avec un sourire :

— A la centième!

VI

On était très pressé de jouer. Cependant,
Avant qu'elle reprît son rôle, on crut prudent
De l'envoyer passer huit jours à la campagne.
Un riche fabricant de faux vin de Champagne,
Sénateur influent, très fort sur le budget,
Précisément, depuis quelques mois, protégeait
Clorinde, la coquette, et près de Courbevoie
Avait construit un nid de verdure et de soie,
Où ce législateur abritait ses amours.
Clorinde y mènerait l'enfant pour quelques jours,
Afin qu'elle revînt forte et prête à combattre;
Et l'on encaisserait encor cinq mille quatre,
Le « maximum! »

Ce fut arrangé; l'on partit.

Le cottage où logeait Clorinde était petit;

Mais un charmant jardin, plein de roses trémières,
Que le soleil de juin criblait de ses lumières,
S'étendait, enchanteur, devant la vérandah.

On mit là le fauteuil d'Adèle, on l'accouda
Dans les coussins, devant cette fraîche nature.
Elle n'avait jamais vu de fleurs qu'en peinture,
De clartés que le gaz reflété par du zinc,
Et s'écria d'abord :

— Tiens ! Le décor du « cinq ! »

Mais l'enfant tressaillit bientôt, toute surprise.
Un enivrant parfum passait avec la brise,
Et le soleil chauffait ses pieds sous son jupon.
Elle ferma les yeux et dit :

— Ah ! que c'est bon !

Et, dans ce doux état de langueur étonnée,
Elle voulut rester là, toute la journée.
Mon Dieu ! que c'était beau, que c'était bon, cela !
Mais Clorinde, observant ses regards, se troubla
D'y voir on ne sait quoi d'inquiétant éclore.

— Rentrons, mignonne...

— Oh ! non, dit l'enfant, pas encore.

Elle rentra pourtant, quand le couchant pâlit ;

3.

Mais elle frissonnait en se mettant au lit.
L'air pur d'un ciel d'été, la chaleur naturelle
D'un jour de juin avaient été trop forts pour elle ;
Et sans qu'une lueur de raison reparût,
La nuit, elle eut encor le délire et mourut.

Car c'était une fleur à l'ombre habituée;
Elle a vu le soleil un jour; il l'a tuée.

Pour le Drapeau

Tu vis dans tous les cœurs, amour de la patrie !

Après quarante-huit, au fond de l'Algérie,
En plein désert, devant les gorges de l'Atlas,
Des insurgés de juin, — des coupables, hélas !
Mais des Français, — courbés sous un labeur servile,
Expiaient les malheurs de la guerre civile,
Gardés par des soldats, par des Français comme eux.
Et là, tous, l'orateur de clubs jadis fameux,
L'envieux déclassé, l'utopiste sincère,

L'honnête travailleur gâté par la misère,
Tous, braves gens trompés ou sinistres voyous,
Ils remuaient la terre et cassaient des cailloux.
Ce lieu farouche était bien choisi pour un bagne.
D'un côté, le désert; de l'autre, la montagne;
Çà et là, seulement quelques dattiers poudreux;
Et, brûlante prison qui, sur ces malheureux,
Gardiens et prisonniers, la nuit, devait se clore,
Un blockhaus sur lequel le drapeau tricolore
Se déroulait au vent, dans l'azur infini.
Ce fort, assez peu sûr, mais pourtant bien garni
De riz et de biscuits, d'armes et de cartouches,
Avec ses deux canons montrant leurs sombres bouches,
Dressait sur l'horizon son profil menaçant.

Les soldats étaient trente et les déportés cent.

Un jour, à l'heure où l'aube, en déchirant ses voiles,
Fait taire les lions et pâlir les étoiles,
Et comme les soldats allaient, fusils chargés,
Conduire à leur travail les anciens insurgés,
Tout à coup, s'élançant des ravins les plus proches,
Blancs fantômes surgis au loin parmi les roches,
En long burnous, montés sur leurs fins chevaux gris,
Et jetant leurs fusils en l'air avec des cris
Où se mêle le nom de leur Dieu qu'ils adjurent,
Les Bédouins du désert de tous côtés parurent.
Deux tribus, qui semblaient depuis longtemps dormir,
Venaient de relever l'étendard de l'Émir,

Et voulaient de nouveau faire parler la poudre.
Ainsi qu'un gros nuage accourt, chargé de foudre,
Ils venaient, soulevant un flot de sable ardent.

Le commandant du fort, un brave cependant,
Vieux troupier devenu lentement capitaine,
Avait pâli devant cette attaque soudaine.
Le pauvre homme perdait la tête absolument.
Comment faire ? Il avait trente hommes seulement
Pour défendre les murs de sa faible redoute ;
Et, quant aux condamnés politiques, sans doute,
A s'enfuir ils n'allaient pas être les derniers.

En ce moment, sorti des rangs des prisonniers,
L'un d'eux, qu'on avait vu parler, dans le tumulte,
A ses amis, de l'air d'un homme qui consulte,
Un grand gaillard, portant sur ses traits amaigris
La trace de vingt ans de misère à Paris,
Et dont les yeux profonds, sous leurs sombres arcades,
Conservaient un reflet du feu des barricades,
S'approcha lentement du vieil algérien
Et dit avec le ton traînant du faubourien :

— Mon capitaine, on vient vous dire que nous sommes
Cent condamnés, c'est vrai, cent forçats, mais cent hommes,
Tous du faubourg Antoine et tous gars bien choisis.
Nous savons que le fort est bondé de fusils.
Sur tous ces moricauds, si vous voulez qu'on cogne,
Armez-nous donc. Après avoir fait la besogne,

On rendra les outils, ma parole d'honneur !
Vous ne me faites pas l'effet d'un chicaneur ;
Vous aurez confiance en nous, — on en est digne, —
Et vous nous laisserez marcher avec la ligne.
Prêtez-nous les fusils et nous sommes sauvés.
La loque qui flottait sur nos tas de pavés
N'était pas, après tout, le vrai drapeau de France,
Et le rouge n'est bon qu'en pantalon garance.....
Voyons, mon capitaine, est-ce dit ?

L'officier,
Trop ému pour répondre et pour remercier,
Fit donner sur-le-champ au bagne rendu libre
De bons fusils avec des balles de calibre.
Il était temps. Trois cents Arabes étaient là,
Galopant tout autour du fort, criant : « Allah ! »
Et tiraillant déjà sur ses minces murailles.
Soudain les deux canons vomirent leurs mitrailles
Qui firent reculer l'insolent tourbillon ;
Puis, sortant du blockhaus, un hardi bataillon,
Où des soldats marchaient auprès de gens en blouse
Et chaussés de sabots comme en quatre-vingt-douze,
Vint se mettre en bataille et commença le feu.
Le combat fut sanglant et vif, mais dura peu.
Les Bédouins, qui croyaient surprendre un faible poste,
Devant tous ces Français si prompts à la riposte,
Tentèrent bien, mettant tous les sabres au vent,
Deux charges qu'on reçut, baïonnette en avant.
Mais leur cheik y périt, et la bande affolée,

Comme un vol de corbeaux reprenant sa volée,
Tourna bride et bientôt dans l'Atlas se perdit.

Alors les condamnés, ainsi qu'ils l'avaient dit,
Tenant loyalement la parole jurée,
Rentrèrent dans le fort en colonne serrée ;
Sans hésitation, ils mirent en faisceaux,
Devant le commandant, leurs fusils encor chauds ;
Et le vieil officier, contenant mal ses larmes,
A ses soldats d'un jour qui déposaient leurs armes,
Étreignait les deux mains à leur rougir la peau,
Et disait rudement :

— Merci... pour le drapeau !

Bleuette

CONTE DE FÉE

A ma petite amie Marie-Germaine Brice

Il était une fois, le fait n'est pas récent,
Dans un manoir du Rhin, un baron très puissant
De qui tous les vassaux maudissaient l'avarice.
Sa femme avait été jadis la bienfaitrice
Du pays, et son cœur n'était que charité.
Mais pour longtemps jamais un ange n'est prêté;
Pendant quelques beaux jours la terre à Dieu l'emprunte,
Puis il remonte au ciel. La baronne défunte
Avait laissé pourtant derrière elle une enfant,
De ses vertus témoin et souvenir vivant.

Quinze ans, blonde, chétive, on la nommait Bleuette.
Ainsi qu'un colibri dans un nid de chouette,
Sa jeunesse égayait le château triste et nu.

Le baron, qui s'était quelque peu contenu,
Devint encor plus dur, quand sa femme fut morte.
Dès l'aube, ayant son seul écuyer pour escorte,
Il s'en allait au bois, l'épervier sur le poing.
Bleuette aimait son père et ne l'accusait point,
Mais trouvait cependant bien tristes les journées
Qu'elle passait, parmi les tentures fanées,
Dans ce manoir glacé, désert et solennel,
Où l'on ne faisait pas de feu, même à Noël.
Comme le temps paraît moins long quand on l'occupe,
La mignonne parfois se taillait une jupe
Dans les draps ramagés et dans les vieux lampas
Dont sa mère jadis rehaussait ses appas.
Car jamais le baron à la pauvre fillette
N'avait donné le moindre écu pour sa toilette.
Le vilain homme était bien trop ladre pour ça.
Bien plus, après la mort de sa femme il cessa,
Quoiqu'à la sainte dame il en eût fait promesse,
De fréquenter l'église et d'entendre la messe,
Certain de trouver là, terrible épouvantail,
Quatre ou cinq mendiants assis sous le portail;
Et n'ayant jamais vu d'argent blanc ni d'or jaune,
Bleuette n'avait pas de quoi faire l'aumône.

C'était son gros chagrin. Elle se consolait

4

De coudre à ses habits la reprise et l'ourlet
Et d'être fagotée ainsi qu'une grand'mère.
Malgré tout elle était jolie, et c'est chimère
De croire qu'à son âge elle n'en savait rien.
Mais comme elle souffrait, et de son cœur chrétien
Quelle plainte montait, de Dieu seul entendue,
Lorsqu'il fallait passer devant la main tendue
D'un pauvre, et ne pouvoir rien mettre en cette main!

Le dimanche surtout. Tout le long du chemin,
Quand elle revenait, seule, portant son livre,
Dans ce parfum d'encens qui longtemps vous enivre,
Tout le long du chemin, ce n'était que vieillards,
Femmes portant marmots, aveugles, béquillards,
Qui couraient sur ses pas en criant leur souffrance.
Les vieilles à bâton faisaient la révérence
Et les petits enfants envoyaient leur baiser.
Elle ne trouvait pas de mots pour refuser;
Mais le front bas, les yeux baissés, rouge de honte,
Elle passait, prenant sa marche la plus prompte,
Et pleurait, une fois rentrée à la maison.

Un dimanche, c'était au temps de la moisson,
Elle vit, au moment de revenir de vêpres,
Tant de pauvres couverts de loques et de lèpres,
Aux marches du parvis assis et l'attendant,
Que le cœur lui manqua rien qu'en les regardant,
Bleuette n'osa pas affronter la sortie
Et se souvint alors que, vers la sacristie,

Une porte s'ouvrait sur le chemin des blés.
Elle allait donc, le cœur tremblant, les yeux troublés,
Prendre par ce chemin quand, sous la colonnade,
Une vieille portant la jupe en cotonnade,
Les lourds sabots de bois et le vaste bonnet
Des aïeules, mais qui, dans une main, tenait,
En s'appuyant dessus, une longue baguette,
Apparut tout à coup et, venant vers Bleuette,
Lui dit :

« Ma fille, il faut retourner sur tes pas.
Tout ce qui peut tomber sous ta main, ne crains pas
De l'offrir, sans rougir, au mendiant qui passe.
L'aumône n'a de prix que par la bonne grâce
De celui qui la donne. Enfant, avec deux mots,
Avec un bon sourire, on calme bien des maux;
Va, l'on te saura gré d'une honte bravée. »
Bleuette, qui vit bien que la vieille était fée,
Répondit poliment que d'aussi bons avis
Comme un ordre devaient par elle être suivis,
Puis, ayant salué, prit sa route ordinaire.
Les mendiants, suivant le flot du populaire,
S'étaient tous éloignés pendant ce moment-là,
Et, seule, par les blés, Bleuette s'en alla.

Elle cueillait, avec un vague espoir dans l'âme,
Un gros bouquet de fleurs des champs, lorsqu'une femme
Qui se tenait assise au revers d'un fossé
L'aperçut, se leva, d'un air triste et lassé,

Et, craintive, les yeux en larmes, vint vers elle.

« Ayez pitié de moi, ma belle demoiselle,
Dit la femme. Aux moissons, d'ordinaire, je suis
Vos vassaux, en glanant tout le blé que je puis.
Je suis veuve, je suis bien pauvre et point hardie.
Mais cette fois, voyez, je sors de maladie,
J'arrive la dernière, et tout est ramassé,
Et je meurs de fatigue au bord de ce fossé. »

« Hélas! lui répondit la bonne demoiselle,
Je n'ai pas même un sou dans ma pauvre escarcelle;
Mais prenez ce gentil bouquet de fleurs des champs,
Et vous pourrez l'offrir aux quelques braves gens
Qui voudront, j'en suis sûre, adoucir votre épreuve. »

Sans vouloir refuser l'humble cadeau, la veuve
Souriait cependant d'un air découragé;
Mais quand elle l'eut pris, le bouquet fut changé,
O merveille admirable! en une énorme gerbe
De brillants épis d'or, plus grosse et plus superbe
Que celle que l'on porte à monsieur le curé.

Comprenant que c'était un don inespéré
Que lui faisait ainsi la bonne vieille fée,
Bleuette, l'âme heureuse et toute réchauffée,
Laissant l'autre charger d'épis son tablier,
Se sauva par le bois et cueillit au hallier
D'autres fleurs pour tresser une belle couronne.
Elle allait — en songeant à la sainte baronne
Sa mère, à cette fée, au miracle accompli, —

Quand un petit gamin en haillons, mais joli
A croquer, et marchant pieds nus dans la poussière,
A son tour aborda la jeune bouquetière
Et lui dit, le cœur gros et tout tremblant d'émoi :

« Ma belle demoiselle, ayez pitié de moi.
Depuis l'hiver, je suis orphelin. Mon aïeule,
Elle a quatre-vingts ans! avec moi reste seule.
Travailler? Mais je suis trop jeune, on ne veut pas;
Et sous ce toit croulant que vous voyez là-bas,
J'ai laissé grand'maman sans pain, sombre et muette. »

« Prends seulement ces fleurs de hallier, dit Bleuette,
Pour les donner à qui calmera vos douleurs;
Car je n'ai rien. »

Mais quand la couronne de fleurs
Fut entre les deux mains du pauvre petit mioche,
Elle devint un rond énorme de brioche,
Toute chaude et dorée ainsi qu'un pain bénit.
Bleuette, bien avant que l'orphelin finît
De s'étonner, s'enfuit et gagna la grand'route.
Un beau lys frais éclos poussait au bord, sans doute
Pour qu'à s'en embellir elle se décidât.

A l'ombre d'un noyer elle vit un soldat
Qui s'était assis là, sur une grosse pierre.
Sac au dos, s'appuyant sur sa longue rapière,
Cet homme paraissait de fatigue épuisé;
Son front, — il revenait de la guerre, blessé, —

Saignait sous un bandeau lié d'une ficelle,
Et ce soldat lui dit :

« Ma belle demoiselle,
L'étape était trop longue et le cœur m'a manqué ;
Mais le bon vin remet un homme fatigué,
Et vous devriez bien, — la peine n'est pas lourde, —
Au village voisin aller remplir ma gourde. »

« J'y cours, pauvre soldat, mais le village est loin ;
Et vous vous ennuierez tout seul dans votre coin.
Le parfum de ce lys vous tiendra compagnie. »

L'homme d'armes sourit, et, sans cérémonie,
Prit entre ses doigts noirs le calice embaumé.
Mais, quand il le toucha, le lys fut transformé
En un grand hanap plein de vin de la Moselle
Où le soleil dardait une fauve étincelle.

Bleuette ne vit plus de pauvres ce jour-là.
Mais dans tout le pays vous pensez qu'on parla,
Et que tous ses bienfaits laissèrent une trace.
Or son père, le soir, revenant de la chasse,
Trouve tous ses vassaux émus et rassemblés :
Et tous de lui parler de la gerbe de blés,
Comme de la brioche énorme et du grand verre.
Il n'en peut plus douter ; c'est un fait qu'on avère ;
Et sa cupidité s'en réjouit déjà.
Donc, après le souper, que le baron mangea
Sans appétit, et quand l'unique domestique

Eut enfin desservi la table très rustique,
Il attira Bleuette entre ses deux genoux :

« Maintenant, lui dit-il, nous sommes entre nous.
Reçois mon compliment. Vrai ! tu naquis coiffée.
Je sais l'étrange don que t'a fait cette fée,
Et j'en veux sur moi-même essayer le pouvoir.
Fais-moi quelque présent, ma mignonne, pour voir
Ce qu'il va devenir dans la main de ton père. »

« Malgré tout mon respect, dit Bleuette, j'espère
Que vous laisserez là ce projet dangereux.
Je n'ai reçu ces dons que pour les malheureux,
Et non pour augmenter le bien de la famille. »

« Laisse-moi donc. C'est trop de scrupule, ma fille.
Donne-moi seulement, rien que pour essayer,
La médaille de plomb qui pend à ton collier.
Le pire qu'il se peut faire, c'est qu'elle reste
Ce qu'elle est, un bijou de valeur très modeste;
Mais si nous la voyons être soudainement
Un lourd médaillon d'or ou bien un diamant,
C'est qu'aussi ton pouvoir nous échoit en partage. »

Bleuette n'osa pas résister davantage,
Et mit, bien qu'à regret, dans la main du vieux fou
La médaille de plomb qui pendait à son cou;
Mais l'avare frémit quand il l'eut empoignée,
Car il ne tenait plus qu'une horrible araignée,
Toute noire, effroyable, avec des bras velus.

Faisant pour la jeter des efforts superflus,
L'avare serait mort d'effroi dans la bataille ;
Mais la bête ne fut que la simple médaille
Qu'elle était, quand l'enfant l'eut reprise en sa main.

Le baron réfléchit, et, dès le lendemain,
A Bleuette il fit don d'une pleine aumônière.
Cette merveille-là ne fut pas la dernière
Qu'accomplit cependant la mignonne aux yeux bleus.
Elle avait conservé son don miraculeux;
Et, quand elle sortait des vêpres, le dimanche,
Le sou qu'elle donnait devenait pièce blanche,
Le simple écu d'argent devenait un marc d'or,
Et le marc un bijou plus précieux encor;
Si bien que sa gentille et bonne renommée
Au landgrave électeur fut un jour affirmée,
Et, s'étant renseigné dans le pays entier,
Il la voulut pour femme à son seul héritier.
Il se fit tout d'abord annoncer par un page;
Et vint enfin, lui-même, en superbe équipage,
Confier au baron le désir qu'il avait.
Le fils de l'Électeur, gentilhomme parfait,
Plut à Bleuette, dès la première soirée,
Et la noce, bientôt après, fut célébrée
Avec tant d'allégresse et de luxe inouï
Qu'on en parle, là-bas, même encore aujourd'hui.

Le Raisin

A mon vieil ami Alexis Orsat.

E malade baissait tous les jours. Pauvre père !
Et, dans l'humble logis, jadis presque prospère,
Avait depuis longtemps sévi la pauvreté.
Les sinistres papiers du Mont-de-Piété
S'étaient accumulés derrière la pendule ;
Et, toujours espérant, — le malheur est crédule, —
La famille vendait tout son petit trésor.
La timbale, les six couverts, la montre en or
L'un après l'autre étaient retournés chez l'orfèvre.
Au moribond toussant et grelottant la fièvre

On sacrifiait tout, sans se décourager.
Un jour, le médecin dit:

« S'il pouvait manger ! »

Mais il avait déjà, le triste grabataire,
Refusé le biscuit avec du vieux madère,
Les trois huîtres et l'œuf poché dans du bouillon.
Or, bien qu'on fût en mars, par un jour sans rayon,
On parla de raisin, ne sachant plus que dire,
Hélas ! — et le malade eut un faible sourire.

On se saigna. Le soir, à ce pauvre chevet,
— Dans la boîte portant la marque de Chevet
Et montrant les grains durs et roux sous la dentelle
De papier, — tentatrice, appétissante et telle
Qu'au dessert parmi les gourmets de belle humeur,
Parut la ruineuse et splendide primeur.
L'agonisant la vit, mais, sans y toucher même,
Il détourna le front, plein d'un dégoût suprême,
Et, trois heures après, il s'en allait enfin
Dans l'autre monde où nul n'a sans doute plus faim.

La misère attendait les enfants et la mère ;
Mais, le surlendemain, à l'école primaire,
Les orphelins faisaient envie aux écoliers,
En tirant ce raisin de leurs petits paniers.

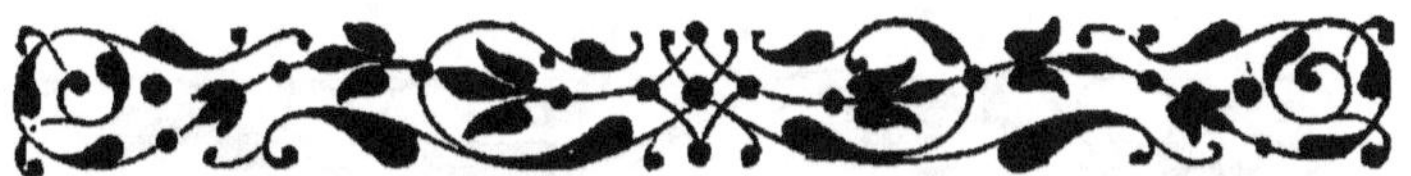

Une Aumône

FUMANT à ma fenêtre, en été, chaque soir,
Je voyais cette femme, à l'angle d'un trottoir,
S'offrir à tous ainsi qu'une chose à l'enchère.
Non loin de là, s'ouvrait une porte cochère
Où l'on entendait geindre, en s'abritant dessous,
Une fillette avec des bouquets de deux sous.
Et celle qui traînait la soie et l'infamie
Attendait que l'enfant se fût bien endormie
Et lui faisait alors l'aumône seulement.
— Tu lui pardonneras, n'est-ce pas? Dieu clément!

Préface d'un Livre Posthume

A la mémoire de Henri-Charles Read.

Celui qui fit ces vers est mort à dix-neuf ans,
— Tel l'amandier précoce, au début du printemps,
Meurt pour une neige qui tombe. —
Il ne reste de lui que le bouquet glané,
Et, d'une main pieuse, ainsi qu'un frère aîné,
Je viens le poser sur sa tombe.

En lisant ces doux vers, qu'ils l'aient ou non connu,
Tous seront attendris par leur charme ingénu,
 Par leur grâce simple et naïve,
Et, devinant quel homme eût été cet enfant,
Ils se demanderont pourquoi le sort défend
 Qu'un tel être prospère et vive.

Pourquoi tant de charmants espoirs ont succombé ;
Pourquoi sur le chemin on trouve un nid tombé ;
 Pourquoi le vent brise l'arbuste ;
Pourquoi l'artiste, un jour, laisse là, sans regret,
Une ébauche où déjà le chef-d'œuvre apparaît,
 Et pourquoi le ciel est injuste !

Mais, devant ce jeune homme au sépulcre enfermé,
Moi qui vieillis, je dis à ceux qui l'ont aimé
 Ou qui l'aimeront par son livre :
Heureux qui n'a vécu qu'un jour, en floréal !
Heureux qui meurt, tout jeune, avec son idéal !
 Dieu lui fait grâce et le délivre.

Car vivre, c'est souffrir. Quels maux n'eût pas soufferts
Le cœur ardent et bon qui s'épanche en ces vers ?
 Il portait la marque fatale.
L'art, le bonheur, l'amour à ses yeux avaient lui ;
Il n'a pas eu le temps de voir fuir devant lui
 Tous ces mirages de Tantale.

D'ailleurs, que savons-nous ? Hommes, courbons nos fronts,
Au delà du tombeau vers lequel nous courons
Siège une immuable justice;
Et nous saurons un jour qu'il est essentiel
Que l'âme d'un poète enfant remonte au ciel
Pour que le soleil resplendisse.

A un Amant

MANT abandonné qu'une maîtresse oublie,
Pourquoi ce poing fermé que tu montres aux cieux ?
Pourquoi ce pli profond dans ton front soucieux
Et ce regard où brûle une ardeur de folie ?

Pourquoi ce désespoir ? Parce qu'elle est jolie,
Parce qu'en caressant son corps délicieux,
En respirant sa bouche, en admirant ses yeux,
Tu trouvais un remède à ta mélancolie.

Tu pâlis en songeant à l'odeur de sa chair.
Son visage est toujours le seul qui te soit cher ;
De tout autre, aussitôt blasé, tu te dégoûtes.

Va, tu me fais pitié, triste martyr d'amour !
La vie est un éclair, la beauté dure un jour.
Songe aux têtes de morts qui se ressemblent toutes.

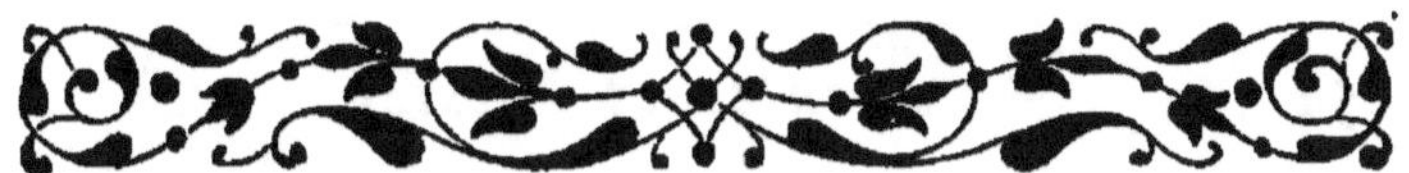

La Chambre Abandonnée

La chambre est depuis très longtemps abandonnée,
Les meubles sont flétris, la tenture est fanée.
Un jour, on est parti sans fermer les volets.
Et le soleil, celui des torrides juillets
Aussi bien que celui des décembres polaires,
A longtemps promené ses regards circulaires,
Comme il fera demain, comme il fait aujourd'hui,
Dans ce lieu saturé de tristesse et d'ennui.

La chambre est depuis très longtemps abandonnée.
Un peignoir rose tendre en soie enrubannée
Conserve, sur le grand divan de satin noir,

L'attitude d'un corps brisé de désespoir ;
Et, depuis le départ, deux pantoufles mignonnes
Traînent sur la peau d'ours, près du lit à colonnes,
De la dernière nuit encor bouleversé.
Partout, sur l'écrin vide et le livre laissé,
Où la fuite fiévreuse et brusque se devine,
La poussière a posé sa neige grise et fine ;
Et, dans les hauts miroirs brumeux, rien n'est resté
Du sourire qu'ils ont autrefois reflété.

La chambre est depuis très longtemps abandonnée.
Une causeuse est là, devant la cheminée.
Quel secret monotone échangent donc entre eux
Le large fauteuil vide et le foyer poudreux ?
O morne solitude ! ô silence sévère !
Sur la table une rose est morte dans un verre ;
Les feuilles tour à tour ont chu comme un fardeau,
Et leurs cadavres noirs, autour du verre d'eau,
Sont épars tristement et font une jonchée
Sur qui semble pleurer la tige desséchée.
Enfin la seule chose encor qui remuait
Dans cet intérieur immobile et muet,
Le seul objet doué d'une âme, d'une haleine,
La pendule de Saxe aux fleurs de porcelaine
A dû depuis longtemps, très longtemps, s'arrêter...
Comme tu cesseras bientôt de palpiter,
O toi dont je maudis l'existence obstinée,
Cœur plus désert que n'est la chambre abandonnée !

Le Bateau-Mouche

N court bien loin, bien loin, chercher des paysages
Avec des pins brisés sur des torrents sauvages
Et des paquets de mer tordus sur des récifs ;
Mais le Parisien, dédaigneux des poncifs,
Pour voir des coins charmants et des tableaux intimes,
Se contente d'aller pour ses quinze centimes,
A bord d'un bateau-mouche alerte et matinal,
Du viaduc d'Auteuil au Pont National.
Spectacle intéressant plus qu'on ne s'imagine !
Bercé par le hoquet rhythmé de la machine

Auquel parfois l'écho des rivages répond,
Le flâneur fume et rêve en marchant sur le pont.
Là, du monde amusant survient à chaque escale :
C'est l'ouvrier lisant la feuille radicale
Que rédige pour lui Rochefort ou Naquet ;
C'est le bourgeois de Londre, armé d'un Cook's ticket
Et traînant après lui trois miss en robe courte,
Le patronnet portant sur sa tête une tourte,
Le gros homme en sueur qui s'assied et dit : Ouf !
Et la pâle grisette en mince water-proof,
Avec ses jolis yeux et son teint de chlorose.

Allez là par un temps voilé de brume rose,
Par un matin d'octobre ou d'avril, voulez-vous ?
Faites-moi le trajet complet pour vos trois sous ;
Et puis, — j'aime à vous croire une âme délicate, —
Autour des bains Vigier ou près de la frégate,
Dites-moi franchement si vous n'avez pas vu
Des vrais motifs à peindre et d'un charme imprévu,
Emergeant du brouillard que le soleil dissipe,
Où le père Corot aurait fumé sa pipe.

Pour moi qui de Paris fais mes seules amours,
J'accomplis ce voyage au moins tous les huit jours.
J'en connais tous les coins par cœur ; je me rappelle
Combien la flèche d'or de la Sainte Chapelle
Par un matin d'hiver anime le tableau ;
J'ai noté le fracas impétueux de l'eau,
Quand, cédant à l'effort du bateau-mouche en marche,

Elle va se briser sous les ponts, contre l'arche.
De tous ces riens charmants je ne suis jamais las.
J'ai pour ami, devant le port Saint-Nicolas,
Un vieil arbre isolé qui montre ses racines.
Puis, quand j'ai bien assez regardé mes voisines
Qui du *Petit Journal* lisent le feuilleton,
Je descends, à travers la foule d'un ponton
Qui ſerait le bonheur des impressionnistes ;
Et, tout le long des quais où sont les bouquinistes,
Le cerveau tout grisé de tant d'aspects divers,
Je rentre en feuilletant les volumes de vers.

La Nymphe de Ville-d'Avray

au

Monument de Corot

STROPHES DITES PAR Mlle BLANCHE BARRETTA, DE LA COMÉDIE FRANÇAISE

LE 27 MAI 1880

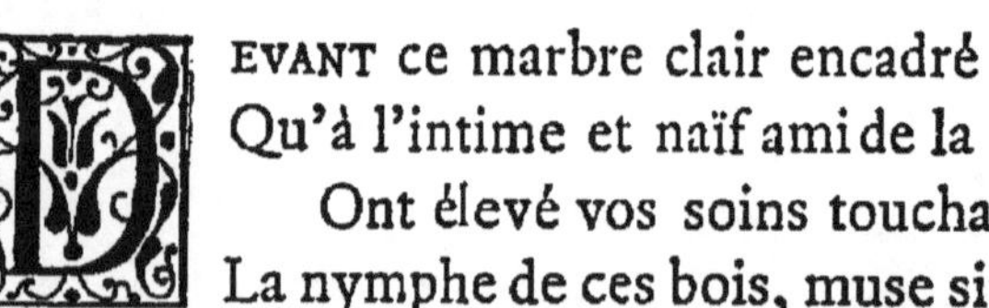

DEVANT ce marbre clair encadré de verdure
Qu'à l'intime et naïf ami de la nature
Ont élevé vos soins touchants,
La nymphe de ces bois, muse simple et rustique,
Doit apporter aussi son tribut poétique,
Les mains pleines de fleurs des champs.

Le bon Corot m'aimait. Je suis l'une de celles,
Alors que l'aube emplit de vagues étincelles
L'horizon frileux du matin,
Que l'artiste, — c'était son heure favorite, —
Voyait passer, avec les yeux de Théocrite,
Au fond du brouillard argentin.

C'est moi qu'il a montrée, assise au pied d'un hêtre,
Essayant de noter sur la flûte champêtre
Quelque musique de berger ;
C'est moi, mêlée au chœur de mes sveltes compagnes,
Qu'il faisait, dans la paix sereine des campagnes,
Tourner sur un rhythme léger.

Je le connaissais bien, le vieux bonhomme en blouse,
Et, quand il préparait sur un coin de pelouse
Son chevalet et ses pinceaux,
Pour embellir encor ses extases secrètes,
J'étais là, j'exaltais l'odeur des violettes,
J'excitais le chant des oiseaux.

Tandis qu'il travaillait, abrité par un saule,
Je venais regarder par-dessus son épaule,
A petits pas, tout doucement ;
Il peignait à la hâte, et sous sa brosse agile
J'ai pu voir bien souvent, moi, fille de Virgile,
Eclore son rêve charmant.

Ses esquisses, c'est moi qui les vis la première;
L'eau verte et pure où court un frisson de lumière,
    L'azur du ciel, l'or du genêt,
Le flot des épis mûrs ondulant sous les brises,
Les couchants enflammés et les aurores grises,
    J'étais là quand il les peignait.

Hélas ! depuis cinq ans qu'est mort le grand artiste,
Moi, la nymphe des bois qu'il aimait, j'étais triste,
    Et souvent, tout bas, j'ai gémi,
Quand, au printemps, gardant son souvenir fidèle,
Devant moi le bleuet disait à l'hirondelle :
    — Où donc est notre vieil ami ?

Mais vous nous le rendez. Voici notre poète !
Un doux rossignol chante au-dessus de sa tête.
    C'est lui ! nous le reconnaissons !
C'est bien son bon visage ! il regarde, il respire !
Oiseaux ! fleurs ! Désormais vous le verrez sourire
    Dans vos parfums, dans vos chansons ;

Et, près de la fontaine où vit sa chère image,
Portant comme aujourd'hui quelque odorant hommage,
    Je reviendrai souvent m'asseoir,
Au moment qui berçait si mollement son rêve,
Quand l'étang s'assombrit et quand au ciel se lève
    La divine étoile du soir.

L'Anneau

A E...

Lorsque des anciens morts on trouble le repos,
Qu'on soulève le marbre effrité des tombeaux,
Qu'au sépulcre on ose descendre,
Et qu'on viole, après un travail dur et long,
Le funèbre secret des vieux cercueils de plomb,
On n'y trouve que de la cendre.

Plus trace d'ossements, plus trace de linceul,
L'implacable néant a tout dévoré, seul,
Comme une bête carnassière.
Lentement, lentement, tout s'est décomposé.
Le squelette lui-même à la fin s'est usé.
Rien, plus rien qu'un peu de poussière.

6

Pourtant, en la fouillant du bout de son soulier,
Parfois le fossoyeur voit un objet briller
Parmi cette cendre incolore.
C'est l'anneau que le mort jadis eut à son doigt
Et qui, métal fidèle et pur, comme il le doit,
Demeure intact et brille encore.

Dans ces jours de chagrin où je hais le soleil,
Il me semble souvent que mon cœur est pareil
A ces antiques sépultures,
Et qu'on n'y peut plus rien désormais découvrir
Des mille sentiments qui l'ont tant fait souffrir
Par leurs cruelles impostures.

Ce n'est plus que néant, que ténèbres, qu'oubli ;
Et ce tombeau, d'un peu de froide cendre empli,
M'en offre le parfait modèle ;
Mais l'œil de ma pensée y voit briller encor,
Comme au fond de l'ancien sépulcre l'anneau d'or,
Ton souvenir tendre et fidèle.

Sur une Tombe au Printemps

A H. GIACOMELLI.

A vieille croix s'effrite au fond du cimetière,
Mais avril embellit le signe des douleurs ;
La fauvette y fait halte et de ses douces fleurs
Un sauvage églantier la couvre tout entière.

La voix du rossignol vaut bien une prière
Et moins que la rosée un regret a de pleurs.
Dans ces parfums, dans ces chansons, dans ces couleurs,
On sent revivre ici l'immortelle matière.

O vieux mort oublié de qui l'orgueil humain
A sans doute rêvé l'éternel lendemain
Au sein du paradis, dans les apothéoses,

Aujourd'hui n'as-tu pas un destin aussi beau,
Si ton esprit épars autour de ce tombeau
Chante avec les oiseaux et fleurit dans les roses ?

Le Vin

A ERNEST CHAZE.

ONGTEMPS, dans l'atmosphère humide des caveaux,
Sous la voûte profonde et de nitre imprégnée,
Sous la poussière et sous les toiles d'araignée,
Le jeune vin vieillit dans les flacons nouveaux.

Il faut que dans le calme et l'ombre des tombeaux
La sublime liqueur dure plus d'une année,
Avant que d'accomplir sa noble destinée
D'exalter un instant nos cœurs et nos cerveaux.

Ainsi, Chaze, il en est de la pensée humaine ;
C'est par un très secret et très lent phénomène
Qu'elle se plie enfin au rhythme harmonieux.

Un doux sonnet mûrit comme un bordeaux suave ;
Et tu fais bien, ami, qui vis dans une cave,
De lire de beaux vers en buvant tes vins vieux.

Portrait de Victor Hugo, par Bonnat

C'est Hugo ! C'est bien lui ! Quelque puissante idée
Occupe en ce moment cette tête accoudée :
Un noble songe emplit son œil terrible et doux,
Et, dans ce front pensif qui nous domine tous
Et comme les vieux monts a de la neige au faîte,
Se forment en secret les grands vers de prophète
Qu'il fait flamber aux murs des palais triomphants,
Ou bien une chanson pour ses petits-enfants.
Il est bien ressemblant. C'est le maître lui-même !
Aussi le siècle entier, qui l'admire et qui l'aime,

Approuve ton travail, peintre, et te dit merci
D'avoir fait ce portrait juste en ce moment-ci,
De nous avoir montré sa face auguste, telle
Qu'elle resplendira dans sa gloire immortelle,
Et de nous avoir peint le vieillard triste et beau,
Qui fixe son regard profond sur le tombeau,
Où le plus grand, hélas ! descend comme le moindre,
Et qui, son labeur fait, va lentement rejoindre
Homère en son Olympe et Dante en son Enfer,
Calme comme un coucher de soleil sur la mer !

Le Rêve

D'APRÈS LE TABLEAU DE JULES LEFEBVRE

ÉGÈRE et d'or pâle coiffée,
Dans un nuage, sur les eaux,
C'est bien la transparente fée
Des nénuphars et des roseaux.

Demi-voilé pour le profane,
Il semble craindre le regard,
Ce corps exquis et diaphane
Qui se roule dans le brouillard.

Vers quel mystérieux voyage
Va le blond fantôme flottant?
Est-ce une femme, est-ce un nuage
Qui glisse et vole sur l'étang?

Mais déjà tout s'emplit d'aurore,
Et, dans le ciel rose et vermeil,
L'apparition s'évapore
Au premier rayon du soleil,

Et ne laisse pas plus de trace
Que le rapide éclair d'azur
De ce martin-pêcheur qui passe
N'en a laissé sur le flot pur.

L'Éducation Maternelle

D'APRÈS LE GROUPE EN MARBRE D'EUGÈNE DELAPLANCHE

DEBOUT près de sa mère assise
Qui lui présente l'A B C,
La petite reste indécise,
Bouche ouverte et regard baissé.

Adorable sans être belle,
La fillette aux mignons pieds nus
Avec attention épelle
Les caractères mal connus.

La mère, dont le geste auguste
Enseigne et protége à la fois,
Enveloppe d'un bras robuste
L'enfant qui lit à demi-voix.

Et, montrant d'un bout de baguette
Le livre encor bien mal appris,
Sur le naïf visage guette
L'éclair qui suit un mot compris.

Sculpteur, ton œuvre est bonne! En elle
Tu sus fixer l'instant soudain
De cette attente maternelle
Et de cet effort enfantin.

A la Vierge près de Sainte Anne,
J'avais d'abord rêvé devant
Cette humble et douce paysanne
Qui montre à lire à son enfant;

Puis j'ai mieux vu ton espérance,
Et j'ai compris que tu courbais
Le peuple à venir de la France
Sur les lumineux alphabets.

Rêverie

D'APRÈS LE TABLEAU DE GUSTAVE JACQUET

Au sortir du lit de dentelle,
Les cheveux emmêlés encor,
Ce matin, à quoi rêve-t-elle
Dans le vieux fauteuil gaufré d'or?

Sur sa poitrine, sa main fine
Se pose d'un geste distrait.
Hélas! est-ce qu'elle y devine
Le lent travail d'un mal secret?

Car c'est un matin de novembre,
Et sous le velours onduleux
De la longue robe de chambre,
Son frêle corps est tout frileux.

On dirait presque qu'elle tremble;
Ce cher visage est amaigri,
Et cette bouche exquise semble
Avoir plus toussé que souri.

Serait-il si cruel, le rêve
De l'enfant pensive aux yeux las?
Songe-t-elle qu'elle est bien brève
La claire saison des lilas?

Pauvre mignonne! Songe-t-elle
Que l'automne vient de finir,
Qu'il fait froid et que l'hirondelle
Sera bien lente à revenir?

Le Régiment qui passe

D'APRÈS LE TABLEAU D'ÉDOUARD DETAILLE

Par un temps de boue et de glace,
Le peuple, toujours enfantin,
Regarde un régiment qui passe
Devant la Porte-Saint-Martin.

C'est un régiment de la ligne;
Astiqué comme aux anciens jours,
Le tambour-major, d'un air digne,
Précède les petits tambours.

Deux officiers qui, pour les suivre,
Maintiennent leurs chevaux au pas,
Au-delà des saxhorns de cuivre
Dominent les fronts, et là-bas,

A travers la brume incertaine,
Tels des pavots dans les épis,
S'avance la foule lointaine
Des chassepots et des képis.

Pour les soldats, le populaire
S'est en grand'hâte rassemblé;
Un flot de gamins accélère
Sa marche à leur pas redoublé.

La troupe passe, calme et gaie,
Comme elle irait sous les obus,
Devant les gens qui font la haie
Et l'encombrement d'omnibus.

Chacun l'accompagne ou s'arrête,
Et l'on voit emboîter le pas
L'ouvrier tirant sa charrette
Ou portant son fils sur ses bras.

Et, rêvant déjà de bataille,
Tous sont heureux naïvement;
Car toujours la France tressaille
Au passage d'un régiment.

Aux Femmes de Lyon

Ces vers ont été récités à Lyon, quand une crise de l'industrie de la soie réduisait la population ouvrière à une grande misère.

O femmes qui vivez dans le luxe et la joie
Et qui, lasses un jour de vos robes de soie,
Les quittâtes avec dédain,
O femmes qui suivez la mode séductrice,
Il faut que vous sachiez que, pour ce seul caprice,
Des milliers d'hommes sont sans pain.

Avez-vous jamais su, belles patriciennes,
Alors que vous alliez aux fêtes anciennes
 Danser, rire et parler d'amour,
Qu'un peuple d'ouvriers, plein d'enfants et de mères,
Gagnait sa vie avec vos chiffons éphémères,
 Avec vos parures d'un jour ?

C'était ainsi pourtant. Pour que vous fussiez belles,
Pour vous donner toujours des toilettes nouvelles,
 Pour ces satins que vous portiez,
Pour ces robes d'hier à présent dédaignées,
Des milliers de canuts, actives araignées,
 S'asseyaient devant leurs métiers.

Parce que vous usiez ces vêtements de fête,
Le tisserand lançait en chantant sa navette
 Et la Croix-Rousse prospérait ;
Parce que vous changiez de jupe et de corsage,
Le ménage vivait, la fillette était sage,
 On n'allait pas au cabaret.

Ces choses se passaient, mais vous n'y songiez guère.
Puis, tout à coup, voici que la soie est vulgaire
 Et que l'on n'en veut plus enfin ;
Le cachemire est mieux, le drap est plus commode.
On a quitté ce goût, on a changé de mode...
 Et tout un peuple meurt de faim !

Femmes du monde, il faut vous dire cette chose.
Car, sans vous en douter, oui, vous êtes la cause
Qui produit ce terrible effet.
Vous devez regarder ce spectacle sévère
Et mesurer le bien que vous avez à faire
A ce mal que vous avez fait.

Sans être pour cela de malins philosophes,
Nous pouvons bien prévoir qu'aux anciennes étoffes
Vous reviendrez un beau matin ;
Vous ferez des heureux en faisant des folies
Et trouverez encor moyen d'être jolies
Sous la moire et sous le satin.

Mais, avant tout, songeons à la ville affamée.
Ils sont sans pain ! Ils sont trente mille, une armée !
Et le désaccord est bien vieux
Entre maigres et gras, entre joyeux et tristes.
Il faut donner ! Ce sont les riches égoïstes
Qui font les pauvres envieux.

Femmes, il faut donner !... Au père de famille,
A la mère sans lait pour l'enfant, à la fille
Dont la beauté peut s'indigner
Que la faim creuse ainsi son visage livide,
Aux petits écoliers qui vont, le panier vide !...
Il faut donner, donner, donner !

Donner ! C'est la sagesse éternelle et profonde.
Devant la charité, misère du vieux monde,
  Tu recules et tu décroîs !
Partage, amour, bonté ! C'est bien la loi suprême ;
Et, depuis deux mille ans, pour qu'on s'entr'aide et s'aime,
  Jésus nous bénit sur la croix.

Le Cadeau de Sahagun le Vieux

ESPADERO DE TOLÈDE

AU BARON CH. DAVILLIER

Le vieux maître, à la lame ayant assujetti
La poignée à quillons, pas-d'âne et contre-garde,
Est debout sur le seuil de sa porte et regarde
Le chef-d'œuvre nouveau de sa forge sorti.

Il songe que bientôt il l'aura converti
En beaux ducats sonnants ; mais ayant, par mégarde,
Levé les yeux, il voit, sous le feutre à cocarde,
Passer un spadassin, dans sa cape blotti.

C'est le célèbre Ruy, dont l'humeur singulière
Est de faire au pommeau de sa lourde rapière
Une encoche au couteau, quand il tue un chrétien.

Et, d'or moins que de gloire ayant l'âme occupée,
L'artiste, qui voulait bien placer son épée,
Arrêta le bretteur et la donna pour rien.

Pour Guitare solo

'ARGENTIER m'a tenté : — Je t'offre
Mes trésors, ami, si tu veux.
Puise à pleines mains dans mon coffre.
— Garde ton or; j'ai ses cheveux.

Le Torero m'a tenté : — Page,
Je prétends de pourpre arroser
Pour toi seul le champ de carnage.
— Garde ton sang, j'ai son baiser.

L'Inquisiteur m'a tenté : — Maître,
Ces bûchers flambant sous les cieux,
A tes ordres je veux les mettre.
— Garde ta flamme ; j'ai ses yeux.

L'Empereur m'a tenté : — Beau sire,
Si tu veux mon globe d'or fin,
Je te le donne avec l'empire.
— Garde ton globe ; j'ai son sein.

Dieu m'a tenté : — Pêcheur rebelle
Je jugerai ton âme un jour.
Veux-tu le Paradis pour elle ?
— Garde ton ciel ; j'ai son amour.

Ballade de François Coppée

A SON MAITRE

THÉODORE DE BANVILLE

Sur leur commun Amour de la Poésie

u l'as bien dit, mon bon maître Banville,
Les temps sont durs pour les pauvres rimeurs.
Nous ignorons, ne dînant guère en ville,
Les crus classés et les fines primeurs,
Et tout le gain est pour nos imprimeurs.

Ce siècle est vieux, porte de la flanelle
Et n'entend plus sonnet ni villanelle ;
Pourtant le Luth est là, qu'il faut saisir.
Comme Caussade a tué La Tournelle,
Faisons des vers pour rien, pour le plaisir.

La politique est un plat vaudeville ;
La soif de l'or aigrirait nos humeurs.
Laissons les sots traiter de chose vile
Nos rêves bleus d'amants et de fumeurs
Et dire, ô rhythme immortel, que tu meurs.
Le philistin, à la voix solennelle,
Peut s'enrouer comme Polichinelle ;
Laissons-le geindre et gronder à loisir.
Foin du bon sens de madame Pernelle !
Faisons des vers pour rien, pour le plaisir.

Le cœur joyeux, sans soin bas et servile,
Abandonnons le monde et ses clameurs.
Allons-nous-en par les bois de Chaville
Ou sur la Seine aux doux flots endormeurs,
Pour y chanter des chansons de rameurs.
Un libre esprit nous toucha de son aile
Et la nature est pour nous fraternelle ;
D'aucun sultan nul de nous n'est visir
Et n'a blessé même une coccinelle.
Faisons des vers pour rien, pour le plaisir.

ENVOI

O maître, ô toi que la Muse éternelle
Sur le Parnasse a mis en sentinelle
Et pour son preux entre tous sut choisir,
Notre œuvre est bonne et nous croyons en elle ;
Faisons des vers pour rien, pour le plaisir.

Ballade de Banville

A SON CHER

FRANÇOIS COPPÉE

ui, cher rimeur, faisons des vers pour rien,
Pour le plaisir, comme jadis Caussade
Tuait, suivant un bon historien.
Vive Thalie et sa douce embrassade !
Chantons ! contons comme Schéhérazade !

Que nos oiseaux divins s'élancent vers
L'azur céleste et charment l'univers!
Drame, sonnet, farce, idylle, épopée,
Tout nous sourit dans le bel art des vers,
Car tu dis bien, maître François Coppée.

Poème grec, chinois, assyrien,
Tout nous est bon, si nulle palissade
Ne vient heurter nos pas. Victorien
A pris d'assaut avec une glissade
Le noir palais à la triste façade.
Pour moi je suis contemplé de travers
Par les vieillards ornés d'abat-jour verts;
Mais je me ris de leur prosopopée,
En m'amusant à des rhythmes divers,
Car tu dis bien, maître François Coppée.

Chez notre idole être galérien
Pour mon plaisir vaut mieux qu'une ambassade,
Et tu chéris le luth aérien,
Lorsqu'en ce temps réaliste et maussade
Cadet-Roussel tourne au marquis de Sade.
Foin des romans compliqués et pervers!
Le sûr moyen d'être mangé des vers
Est ce qu'on trouve en leur pharmacopée.
Sur l'idéal gardons les yeux ouverts,
Car tu dis bien, maître François Coppée.

ENVOI

Aimons la Muse, en dépit des revers,
Comme Rubens les déesses d'Anvers
Ou bien Néron sa maîtresse Poppée.
Pour elle encor j'ai la tête à l'envers,
Car tu dis bien, maître François Coppée.

Sur un exemplaire de L'Exilée

ILLUSTRÉ

DE DESSINS A LA PLUME PAR UNE JEUNE FILLE

LE triste passé dont ces vers sont pleins
M'est trop douloureux pour que je l'exhume.
Pourquoi devant moi rouvrir ce volume
Et me rendre ainsi tous mes vieux chagrins ?

Mais, comme, du temps qu'on croyait aux saints,
Les bons imagiers en avaient coutume,
Une main de femme orna, par la plume,
Ce missel d'amour de charmants dessins.

Livre où gît mon cœur, ta douleur gémie
N'a pas su jadis toucher mon amie.
Que m'importe, hélas! qu'on t'ait fait si beau?

Mais l'injuste plainte est vite étouffée;
Er je m'attendris sur les doigts de fée
Qui jonchent de fleurs cet humble tombeau.

Pour une Fiancée

A Mlle MARIE C...

LLE était blonde comme vous,
Celle dont les yeux fins et doux
Me laissèrent l'âme blessée.
Pourtant mon cœur n'est pas jaloux
De vos bonheurs de fiancée.

Honte à ceux qu'aigrit la douleur!
Je n'ai rien d'elle qu'une fleur;
Mais, quand un couple d'amants passe,

Je dis au bon Dieu : Rendez-leur
En félicité ma disgrâce.

Bien qu'il soit de vous séparé,
Votre ami se sent désiré ;
Il est triste comme vous l'êtes.
Moi, j'ignore s'ils ont pleuré,
Les charmants yeux de violettes.

Qu'on vous aime comme j'aimais,
C'est le vœu que je me permets,
Le secret que je vous confie.
J'ai de la peine pour jamais ;
Soyez heureuse pour la vie !

Très Ancien Sonnet

RÈS du vitrail vermeil où flotte
L'ombre des tilleuls du jardin,
Droite dans son vertugadin,
Brode la fière huguenote.

Le chat joue avec sa pelote.
L'aiguille s'arrête ; et soudain
Elle perd son air de dédain,
Se cache le front et sanglote.

C'est que, rouge encor du péché,
La belle comtesse a caché
Dans son sein, comme une reliquc,

Le dernier bouquet défleuri
Du petit page catholique
Qu'hier a chassé son mari.

1867.

Caprice Attendri

Au paradis d'amour, mon enfant, je le sais,
On ne mord qu'une fois la pomme tentatrice;
Et nous portons tous deux l'ardente cicatrice
Du coup qui pour jamais jadis nous a blessés.

Mais pour ne plus avoir les espoirs insensés,
Il ne faut pourtant pas que tout bonheur périsse;
Nous savons le saisir encor dans un caprice,
Nous nous attendrissons une heure, et c'est assez.

Renouvelons, veux-tu? l'illusion charmante;
Jette-moi tes deux bras au cou, comme une amante,
Baise-moi sur la bouche et dis-moi : M'aimes-tu?

Mon enfant, oublions l'Eden et notre chute,
Et bénissons l'amour si, pour une minute,
Nos yeux se sont mouillés et nos cœurs ont battu.

Pour une Blonde inconnue

E ne vous connais pas, mais pas le moins du monde
Je ne sais rien de vous, pas même votre nom,
Pas même la couleur de vos yeux ; rien, sinon
Que vous êtes jolie et que vous êtes blonde.

Ce caprice vous vint, pendant une seconde,
De vouloir de mes vers, et je n'ai pas dit : Non.
Vos cheveux sont l'aurore, et, pareil à Memnon,
Il faut qu'à ce lever de soleil je réponde.

Car un amour perdu, mais dont je souffre encor,
Naguère m'inspira pour un front nimbé d'or;
Ce sont des cheveux blonds qui me firent poète.

Toute blonde me rend mon ancienne langueur;
Aussi pour vous ces vers ont chanté dans ma tête,
Rhythmés aux battements plus émus de mon cœur.

Ballade

POUR DEUX DAMES QUI SONT AMIES

ENRIETTE est blonde et Thérèse
Est brune avec des airs nerveux :
L'une est la tendre miss anglaise,
L'autre est la Grecque aux beaux cheveux.
Entre elles partageant mes vœux,
J'ose rêver de bigamies;
Car, pour être comme je veux,
C'est le secret des deux amies.

J'ai pu les courtiser à l'aise,
Un beau soir, loin de tous fâcheux;
Mais le cœur se prend, quand on baise
Une main fine, un cou neigeux,
Sans refus par trop ombrageux.
Pourquoi leurs pudeurs endormies
M'ont-elles permis ces doux jeux?
C'est le secret des deux amies.

Avec la brune aux yeux de braise
Ou la blonde aux bras paresseux,
Je voudrais bien cueillir la fraise
Ou sabler le Cliquot mousseux.
De tous les moyens quels sont ceux
— Sans compter ces rimes gémies —
Qui me rendraient aussi chanceux?
C'est le secret des deux amies.

ENVOI

Princesses, mon cœur langoureux
A fait beaucoup d'économies.
Qui de vous veut d'un amoureux?
C'est le secret des deux amies.

Billet

HÉRIE, un excellent poète a dit un jour :
Le meilleur du voyage est encor le retour.
A coup sûr, j'ai passé de bien bonnes journées
Dans ce recoin perdu des vieilles Pyrénées.
Au petit trot léger d'un cheval béarnais
J'ai couru ce beau val d'Ossau que tu connais ;
J'ai revu les hameaux avec leurs toits d'ardoise,
Les grands monts verdoyants sous un ciel de turquoise,
Et le haut pic de Ger, au soleil tout roussi,
Regardant par-dessus l'épaule du Gourzi.

Tu sais que c'est charmant de trotter près du Gave
Qui bondit en chantant sur les pierres qu'il lave,
D'aspirer cet air pur et de jeter des sous
Aux enfants en haillons qui courent devant vous,
Leurs sabots à la main, pieds nus dans la poussière;
Et tu l'aimes aussi, la source hospitalière
D'où je viens, ayant bu la vie, et les poumons
Endurcis pour l'hiver au fort souffle des monts.
Oui, j'ai passé là-bas de très bons jours; mais l'heure
Du départ, crois-le bien, fut pour moi la meilleure.
Monts géants, gaves purs, beaux arbres, ciel d'été,
En quittant tout cela, je n'ai rien regretté.
Car là-bas, bien plus loin que les collines bleues,
Tout là-bas, dans le Nord, à plus de deux cents lieues,
Je savais que j'allais retrouver ton amour;
Et, quand je suis monté, vois-tu, par un beau jour
De septembre, aux fraîcheurs déjà presque automnales,
Dans l'antique landau tout alourdi de malles,
Et lorsque le cocher a fait claquer son fouet,
Vers toi, mon cher amour, tout mon cœur refluait.
Car j'allais te revoir; car le vent de la plaine
D'avance m'apportait dans sa suave haleine
Ton baiser du retour qui sera si joyeux,
Et le grand ciel avait la couleur de tes yeux.
Tout semblait me parler de toi dans la nature;
Et, lorsque les chevaux de la vieille voiture
Secouaient les harnais de cuir sur leurs garrots,
Ta joie en m'espérant riait dans les grelots.

L'Asile de Nuit

Poésie dite par M. Coquelin aîné, à l'occasion du centenaire
de la Société Philantropique,
le 9 mai 1880

UN soir, — ce souvenir me donne le frisson, —
Un ami m'a conduit dans la triste maison
Qui recueille, à Paris, les femmes sans asile.
La porte est grande ouverte et l'accès est facile.
Disant un nom, montrant quelque papier qu'elle a,
Toute errante de nuit peut venir frapper là.
On l'interrogera seulement pour la forme.
Sa soupe est chaude; un lit est prêt pour qu'elle y dorme;
L'hôtesse qui la fait asseoir au coin du feu,
Respectant son silence, attendra son aveu.

Car on veut ignorer, en lui rendant service,
Si son nom est misère ou si son nom est vice,
Et, dans ce lieu, devant tous les malheurs humains
On sait fermer les yeux autant qu'ouvrir les mains.

J'ai vu. J'ai pénétré dans la salle commune
Où, muettes, le dos courbé par l'infortune,
Leur morne front chargé de pensers absorbants,
Les femmes attendaient, assises sur des bancs.
Que de chagrins poignants, que d'angoisses profondes
Torturent dans le cœur ces pauvres vagabondes,
Dont plusieurs même, avec un doux geste honteux,
Étreignent un petit enfant, quelquefois deux!
On m'a dit ce qu'étaient ces pauvres délaissées :
Ouvrières sans pain, domestiques chassées,
Et les femmes qu'un jour le mari laisse là,
Et les vieilles que l'âge accable, et celles-là
Dont la misère est triste entre les plus amères,
Les victimes d'amour, hélas! les filles-mères
Qui, songeant à l'enfant resté dans l'hôpital,
Soutiennent de la main le sein qui leur fait mal.
J'ai vu cela. J'ai vu ces pauvresses livides
Manger la soupe avec des sifflements avides,
Puis, lourdes de fatigue et d'un pas affaibli,
Monter vers ce dortoir, tous les soirs si rempli.
Mon regard les suivait; et, pour leur nuit trop brève,
Je n'ai pas souhaité l'illusion du rêve,
— Au matin, leur malheur en eût été plus fort, —
Mais un sommeil profond et semblable à la mort!

Car dormir, c'est l'instant de calme dans l'orage;
Dormir, c'est le repos d'où renaît le courage,
Ou c'est l'oubli du moins pour qui n'a plus d'espoir.
Vous souffrirez demain, femmes. Dormez, ce soir!

Oh! naguère, combien d'existences fatales
Erraient sur le pavé maudit des capitales,
Sans jamais s'arrêter un instant pour dormir!
Car la loi, cette loi dure à faire frémir,
Défend que sous le ciel de Dieu le pauvre dorme!
Triste femme égarée en ce Paris énorme,
Qui sors de l'hôpital, ton mal étant fini,
Et qui n'as pas d'argent pour sonner au garni,
Il est minuit! Va-t'en par le désert des rues!
Sous le gaz qui te suit de ses lumières crues,
Spectre rasant les murs et qui gémis tout bas,
Marche droit devant toi, marche en pressant le pas!
C'est l'hiver! et tes pleurs se glacent sur ta joue.
Marche dans le brouillard et marche dans la boue!
Marche jusqu'au soleil levant, jusqu'à demain,
Malheureuse! et surtout ne prends pas le chemin
Qui mène aux ponts où l'eau, murmurant contre l'arche,
T'offrirait son lit froid et mortel... Marche! marche!

Ce supplice n'est plus. L'errante qu'on poursuit
Peut frapper désormais à l'Asile de Nuit;
Ce refuge est ouvert à la bête traquée;
Et l'hospitalité, sans même être invoquée,
L'attend là pour un jour, pour deux, pour trois, enfin

Pour le temps de trouver du travail et du pain.

Mais la misère est grande et Paris est immense;
Et, malgré bien des dons, cette œuvre qui commence
N'a qu'un pauvre logis, au faubourg, dans un coin,
Là-bas, et le malheur doit y venir de loin.
Abrégez son chemin; fondez un autre asile,
Heureux du monde à qui le bien est si facile.
Donnez. Une maison nouvelle s'ouvrira.
Femme qui revenez, le soir, de l'Opéra,
Au bercement léger d'une bonne voiture,
Songez qu'à la même heure une autre créature
Ne peut aller trouver, la force lui manquant,
Tout au bout de Paris, le bois d'un lit de camp!
Songez, quand vous irez, tout émue et joyeuse,
Dans la petite chambre où tremble une veilleuse,
Réveiller d'un baiser votre enfant étonné,
Que l'autre dans ses bras porte son nouveau-né,
Et que, se laissant choir sur un banc, par trop lasse,
Jetant un œil navré sur l'omnibus qui passe,
Elle ne peut gagner la maison du faubourg ;
Car la route est trop longue et l'enfant est trop lourd!

Oh! si chacun faisait tout ce qu'il pourrait faire!...

Un jour, sur ce vieux seuil connu de la misère,
Une femme parut de qui la pauvreté
Semblait s'adresser là pour l'hospitalité;
On allait faire entrer la visiteuse pâle,

Quand celle-ci, tirant de dessous son vieux châle
Des vêtements d'enfant arrangés avec soin,
Dit :

— Mon petit est mort et n'en a plus besoin...
Ce souvenir m'est cher, mais il est inutile,
Partagez ces effets aux bébés de l'asile...
Car mon ange aime mieux... mon cœur du moins le croit...
Que d'autres aient bien chaud, pendant qu'il a si froid!

Noble femme apportant le denier de la veuve,
Mère qui te souviens d'autrui dans ton épreuve,
Grande âme où la douleur exalte encor l'amour,
Sois bénie!... Et vous tous, riches, puissants du jour,
Vous qui pouvez donner, ô vous à qui s'adresse
Cet exemple de simple et sublime tendresse,
Au nom des pleurs émus que vous avez versés,
Ne faites pas moins qu'elle et vous ferez assez!

Au Jardin du Luxembourg

CHER et vieux Luxembourg! — c'est vers cinquante-six
Que, dans les environs du palais Médicis,
S'étaient logés mes bons parents, dans la pensée
Que je serais ainsi tout proche du lycée
Dont alors j'étais l'un des mauvais écoliers ;
Et le jardin royal, aux massifs réguliers,
Aux vastes boulingrins de verdure qu'embrasse
Le gracieux contour de sa double terrasse,
M'accueillit bien souvent, externe paresseux.
Parmi mes compagnons j'étais déjà de ceux

Qui ne supportent pas la routine ordinaire
Et font sécher des fleurs dans leur dictionnaire ;
Et, poète futur, quand les rayons derniers
Du soleil s'éteignaient sous les noirs marronniers
Et que je m'attardais, rêveur, au pied d'un arbre,
Il me semblait parfois que les dames de marbre,
Clotilde aux longs cheveux, Jeanne écoutant ses voix,
Et la fière Stuart et la fine Valois,
Me jetaient des regards et me faisaient des signes.
Parfois encore, auprès de la maison des cygnes,
Quand les bateaux d'enfants, inclinant leurs agrès,
Fuyaient sur le bassin ridé par un vent frais,
Pour moi ces bricks mignons et ces frégates naines
Evoquaient l'Océan et les courses lointaines.
Ah ! depuis ce temps-là, j'ai revu bien souvent
L'escadre en miniature enfuie au gré du vent,
Et bien souvent revu les belles dames blanches,
Dressant leurs sveltes corps sous l'épaisseur des branches ;
Mais je sais maintenant combien il est amer
De chérir une femme et de tenter la mer,
Et songe que c'était un grand enfantillage
De désirer ainsi l'amour et le voyage !

L'amour ! ce fut aussi sous tes rameaux flottants,
Jardin chéri, que j'ai tant souffert à vingt ans.
T'en souviens-tu, vieux banc sur qui j'allais l'attendre,
La petite blondine au regard fin et tendre
Par qui mon cœur naïf voulait se croire aimé ?
Quand je passe par là, dans certains jours de mai

Où l'haleine des fleurs semble plus odorante,
Je revis les bons jours de notre idylle errante.
J'habitais en famille, elle avait un jaloux,
Et souvent pour abris, vieux parc, ces rendez-vous,
Où l'amour me brûlait de ses ardeurs premières,
N'eurent que tes lilas et tes roses trémières.
Je n'obtenais, toujours au moindre bruit craintif,
Qu'une rapide étreinte et qu'un baiser furtif.
Pour effleurer son front de ma bouche affolée
Il fallait profiter du tournant d'une allée
Et reprendre aussitôt l'air distrait et flâneur
Devant le vieux gardien avec sa croix d'honneur
Mais nous avions vingt ans et c'était une fête !
Et cette éternité d'amour que le Prophète
Promet aux vrais croyants au sein du paradis,
Oui, je la donnerais toute, je vous le dis,
Pour le moment si court où, dans la Pépinière,
Avec sa caressante et mignonne manière,
Se serrant sur mon cœur, elle me demanda
Ce long baiser que seule a vu la Velléda.

O parc royal, tu vis finir sa fantaisie,
Et lorsque la douleur m'apprit la poésie,
— Car on ne sent tout son bonheur qu'en le perdant —
C'est toi qui fus encor mon premier confident.
Triste enfant de Paris, né loin de la nature,
C'est grâce à ton charmant asile de verdure
Que je l'ai devinée et que je la connais ;
C'est par toi que, jeune homme à la chasse aux sonnets,

Qui passais sans les voir près des joueurs de paume,
J'ai su que l'oiseau chante et que la fleur embaume ;
Et sous tes noirs rameaux je reviens aujourd'hui
Chercher la rime rare ou le mot juste enfui,
Et dans les voluptés du rêve je m'enfonce,
A l'heure où le couchant saigne sous le quinconce
Et quand pour le départ roule au loin le tambour.

Pour toutes ces raisons je t'aime, ô Luxembourg !
Car ma jeunesse, hélas ! depuis longtemps passée,
Sur ton sable a semé son cœur et sa pensée,
Et mes premiers baisers comme mes premiers vers
Ont pris leur libre essor sous tes vieux arbres verts.
A toi je suis lié par un secret arcane.
Et quand je reviendrai, vieillard traînant ma canne,
Par quelque doux matin d'un automne attiédi,
Sur tes bancs au soleil me chauffer à midi,
Promets-moi, vieux jardin, témoin de mon aurore.
Quelque déception que me réserve encore
La volupté qui blase ou la gloire qui ment,
Que, devant une amante au bras de son amant,
Ou devant un rêveur qui va lisant un livre,
Le souvenir encor me rendra le cœur ivre
De ce qui l'enivrait en son doux floréal,
Et que je bénirai l'amour et l'idéal !

TABLE

Paris. — Imp. A. Lemerre, 6, rue des Bergers.

4. — 4028.

ŒUVRES COMPLÈTES

DE

FRANÇOIS COPPÉE

Édition in-18 jésus, papier vélin

POÉSIE

Titre	Prix
Premières Poésies *(Le Reliquaire. — Poemes divers. — Intimités)*. *1 v.*	3 »
Poèmes modernes. *1 vol.*	3 »
La Bénédiction, *poème. 1 vol.*	» 50
La Grève des Forgerons, *poème. 1 v.*	» 75
Lettre d'un Mobile breton. *1 vol.*	» 50
Plus de sang! *(Avril 1871)*. *1 vol.*	» 50
Les Humbles. *1 vol.*	3 »
Le Cahier rouge. *1 vol.*	3 »
Olivier, *poème. 1 vol.*	2 »
Le Naufragé, *poème. 1 vol*	» 50
Les Récits et les Élégies *(Récits épiques. — L'Exilée. — Les Mois. — Jeunes filles)*. *1 vol.*	3 »
La Veillée, *poème. 1 vol.*	» 50
La Marchande de Journaux, *conte parisien. 1 vol.*	» 75
La Bataille d'Hernani, *poésie. 1 vol.*	» 50
La Maison de Molière. *1 vol.*	» 50
L'Épave, *poème. 1 vol.*	» 50
Contes en Vers et Poésies diverses. *1 vol.*	3 »
L'Enfant de la Balle. *1 vol.*	» 75
Pour le Drapeau. *1 vol.*	» 50
Aux Bourgeois d'Amsterdam. *1 vol.*	» 50
Les Boucles d'Oreilles. *1 vol.*	» 75
Le petit Épicier. *1 vol.*	» 50
La Nourrice. *1 vol.*	» 75
En province. *1 vol.*	» 75
Le Liseron. *1 vol.*	» 75
La Tête de la Sultane. *1 vol.*	» 75
Résurrection. *1 vol.*	» 50
L'Amiral Courbet. *1 vol.*	» 50
Le Banc. *1 vol.*	» 50
Le Défilé. *1 vol.*	» 50
Le Roman de Jeanne. *1 vol.*	» 75
Arrière-Saison. *1 vol.*	2 »
Une mauvaise Soirée. *1 vol.*	» 75
A une Pièce d'or. *1 vol.*	» 50
A l'Empereur Frédéric III. *1 vol.*	» 50
A Brizeux. *1 vol.*	» 50
Les Paroles sincères. *1 vol.*	3 »
Le Coup de Tampon. *1 vol.*	» 50
L'Homme-Affiche. *1 vol.*	» 50
A LL. MM. l'Empereur et l'Impératrice de Russie. *1 vol.*	» 50
L'Etable. *1 vol.*	» 50
Dans une Église de Village. *1 vol.*	» 50
Prière pour la France. *1 vol.*	» 50
Le Devoir nouveau. *1 vol.*	» 50
Au President Krüger.	» 50
Dans la Prière et dans la Lutte. *1 vol.*	3 »

THÉATRE

Titre	Prix
Le Passant, *comédie en un acte, en vers. 1 vol.*	1 »
Deux Douleurs, *drame en un acte, en vers. 1 vol.*	1 50
Fais ce que dois, *pisode dramatique en un acte, en vers. 1 vol.*	1 »
L'Abandonnée, *drame en deux actes, en vers. 1 vol.*	2 »
Les Bijoux de la Délivrance, *scène en vers. 1 vol.*	» 75
Le Rendez-vous, *comédie en un acte, en vers. 1 vol.*	1 »
Prologue d'ouverture *pour les matinées de la Gaîté. 1 vol.*	» 50
La Guerre de Cent Ans, *drame en cinq actes, avec prologue et epilogue, en vers, en collaboration avec A. d'Artois. 1 vol.*	3 »
Le Luthier de Crémone, *comédie en un acte, en vers. 1 vol.*	1 50
Le Trésor, *comédie en un acte, en vers. 1 vol.*	1 50
La Korrigane, *ballet fantastique en deux actes, en collaboration avec L. Mérante. 1 vol.*	1 »
Madame de Maintenon, *drame en cinq actes, en vers. 1 vol.*	3 »
Severo Torelli, *drame en cinq actes, en vers. 1 vol.*	2 50
Les Jacobites, *drame en cinq actes, en vers. 1 vol.*	2 50
Le Pater, *drame en un acte, en vers. 1 vol.*	1 »
Pour la Couronne, *drame en cinq actes, en vers. 1 vol.*	2 50

PROSE

Titre	Prix
Une Idylle pendant le Siège. *1 vol.*	3 50
Contes en Prose. *1 vol.*	3 50
Vingt Contes nouveaux. *1 vol.*	3 50
Contes rapides. *1 vol.*	3 50
Henriette. *1 vol.*	3 50
Toute une Jeunesse. *1 vol.*	3 50
Longues et Brèves. *1 vol.*	3 50
Les Vrais Riches. *1 vol. illustré.*	3 50
Mon Franc parler. *1 vol.*	3 50
Mon Franc parler. *2e série. 1 vol.*	3 50
Mon Franc parler. *3e série. 1 vol.*	3 50
Mon Franc parler. *4e série. 1 vol.*	3 50
Le Coupable. *1 vol.*	3 50
La Bonne Souffrance. *1 vol.*	3 50
A voix haute. *1 vol.*	3 50
Contes pour les Jours de Fête. *1 vol.*	3 50
Rivales. *1 vol. illustré.*	2 »
Henriette. *1 vol. illustré.*	2 »
Contes tout simples. *1 vol. illustré.*	2 »

Paris. — Imp. A. Lemerre, 6, rue des Bergers. — 0.4028.

www.ingramcontent.com/pod-product-compliance
Lightning Source LLC
LaVergne TN
LVHW020328230826
846091LV00003B/806

* 9 7 8 2 3 2 9 1 6 8 4 8 7 *